涙雨の刻
栄次郎江戸暦15
小杉健治
時代小説
二見時代小説文庫
JN211368

目次

涙雨の刻（とき）——栄次郎江戸暦15

第一章　もうひとつの恋

一

長唄の師匠である杵屋吉右衛門は、父親の七回忌の法要を終え、本郷にある菩提寺から実家である横山町の薬種問屋『沢田屋』に帰ってきた。

「兄さん、きょうはごくろうさまでございました」

白髪が目立ちはじめた徳兵衛が改めて挨拶をする。吉右衛門のふたつ下だから、徳兵衛は本厄の四十二歳だ。ふくよかな顔立ちだが、『沢田屋』の主人らしい風格が滲み出ていた。

「早いもんだな。もう、七回忌だものな」

吉右衛門はしみじみ言い、

「おまえもよく頑張ってくれた。おとっつあんもおっかさんもきっと喜んでいるだろう」

と、弟徳兵衛をいたわった。

「ただただ、夢中でしたので、あっと言う間でした」

徳兵衛は目を細めて、

「兄さんには申し訳ないことをしたと思っています」

と、俯いた。

「何をだ？」

「本来であれば、『沢田屋』の主人は兄さんであるべきなのに……」

「このことは、私のほうこそ申し訳ないことをしたと思っている。そなたに店を押しつけてしまった。おかげで、私は好きなことが出来た」

吉右衛門は『沢田屋』の長子であり、名を徳一郎といった。当然、跡取りとして育てられたが、吉右衛門は別の世界に目を向けた。

吉右衛門は、幼い頃から芝居好きの母に連れられて芝居小屋に通っていた。吉右衛門が虜になったのは芝居や舞踊ではなく、三味線だった。十八歳のときに、長唄の杵屋吉寿に長唄と三味線を習いはじめた。

「今から思えば、おまえが『沢田屋』をついでよかった。私だったら、このように立派にはやっていけなかっただろう」

「そう言っていただけると、私も気が楽です。でも、兄さんは長唄の世界で名を上げられました。今や、杵屋吉右衛門の名はあまねく知られております。私も杵屋吉右衛門の弟というだけで、どんなに鼻が高いか」

吉右衛門は弟子入り後、天賦（てんぷ）の才があると吉寿師匠を言わしめ、二十四歳で師匠の代稽古を勤めるほどになった。

「おとっつあんもおっかさんも、商才はおまえのほうがあるとみていた。おかげで、私が長唄の世界で生きていきたいと言ったときも、さしたる反対はされなかった」

父もお座敷遊びをする人間だし、母も根っからの芝居好きだったこともあり、二人は吉右衛門の覚悟を知ると、かえって励ましてくれた。

「おとっつあんもおっかさんも兄さんの活躍を喜んでいたよ。舞台に出るときは、いつもふたりで見に行っていたものな」

「おっかさんの七回忌は再来年か」

「そうです。ふたりとも、もういないなんて……」

徳兵衛がしんみり言う。

「しかし、孫にも恵まれてよかった。私は孫どころか、嫁さんも見せてやれなかったが」

吉右衛門はいろいろな女と浮名を流してきたが、所帯を持ったことはない。ひとりだけ、結婚してもいいと思う女はいた。三味線弾きのおはまという女だった。だが、吉右衛門が三十歳のときに病死した。

「義兄さんはどうしておかみさんをもらわないのですか」

徳兵衛の嫁のおさとがきく。

「私は長唄と結婚したようなものだ。それに、もうそんな元気はない」

「まだまだでございますよ」

「四十半ばになろうという男のかみさんになろうという女子もあるまい」

「そんなことありませんよ。義兄さんは女子に好かれるはずです。義兄さんを贔屓になさっている女の方はたくさんいると伺っています」

「私にではない。私の芸を好いてくださるのだ。それはそれで、ありがたいことだ。私にはそれで十分」

確かに、吉右衛門を贔屓にしている女子はたくさんいる。しかし、あくまでも杵屋吉右衛門に対してであり、徳一郎本人ではない。

「兄さん。京橋にある薬種問屋『旗野屋』さんの隠居の惣兵衛さんをご存じでしょう」

「ああ、惣兵衛さんなら知っている。惣兵衛さんが店を仕切っていたときに、何度かお会いしたことがある。惣兵衛さんがどうかしたのか」

「なんでも、若い女に夢中になって入れ揚げているそうなんです」

「若い女？　惣兵衛さんは堅物で有名なお方だったではないか。寄合のあとに料理屋に行っても、芸者や女中に軽口ひとつも叩かない。おとっつあんも呆れ返っていたことを覚えている」

「ええ、私もそう聞いていました」

「それに、とうに五十は過ぎているはずだが」

「はい。五十六歳だそうです。その惣兵衛さんが若い女に夢中になってしまったというのですから、わからないものです」

「でも、ほんとうなのか」

「この前の寄合で、うちのおとっつあんには困ったものだと、旗野屋さんがこぼしていました。なまじ、女遊びも知らない男が年取って、いったん若い女に夢中になると歯止めがきかなくなってしまうようです」

「そうだな」

吉右衛門はため息混じりに応じ、さらにきいた。

「で、かなりの金を使い込んでいるのか」

「惣兵衛さんは六十両近く持って家を出て行ったきりだそうです。どこかで、女といっしょに暮らしているようです」

「おかみさんは？」

「十年前に亡くなっています」

「そうか。おかみさんはもういないのか」

「はい。それで寂しかったのでしょう」

「どんな女なんだ？」

「旗野屋さんが一度見たことがあるそうですが、二十七、八の細面の寂しそうな感じの女だったそうです」

「ずいぶん歳が離れているな。女は惣兵衛さんのことをどう思っているのだろうな」

吉右衛門は心配した。

「金でしょう。金をすべてむしりとられてから捨てられるのがおちだろうと、旗野屋さんは嘆いていました」

「女といっしょに暮らしているとしたら重症だな。こればかりは、いくら注意しても、本人は聞く耳を持たないだろう」

吉右衛門はいい結果にならないことは目に見えていると思った。

「そう思います。その点、兄さんはこれまでもそこそこ遊んできたから、女に騙されるようなことはないでしょう」

徳兵衛が真顔で言う。

「義兄さんを夢中にするような女はそうそういませんよ」

おさとが笑った。

「そういうことだ」

吉右衛門は応じてから、

「さて、そろそろ、引き上げるとしよう」

と、吉右衛門は言った。陽が翳り、部屋の中は薄暗くなっていた。

「そうですか。また今度、ゆっくり来てください」

徳兵衛が言うと、おさとが、

「義兄さん。来月の市村座、見に行きますね」

と、声をかけた。

「ああ、ぜひ、来てくれ」

吉右衛門は応じる。

来月の市村座で市村咲之丞の舞踊の地方を務めることになっている。これまでにも、咲之丞の舞台には地方として何度も出ていた。

吉右衛門には三味線の腕前に優れた弟子がふたりいる。いずれも名取で、杵屋吉次郎と杵屋吉栄である。ふたりとも武士である。吉次郎は坂本東次郎という旗本の次男坊、吉栄は矢内栄次郎という御家人の次男坊である。

「お気をつけて」

おさとに見送られて、吉右衛門は実家の『沢田屋』を出た。

辺りは薄暗くなっていた。吉右衛門は鳥越町にある自分の家に向かった。

吉右衛門が浅草御門にさしかかったとき、浅草橋の北詰でふたりの遊び人ふうの男が女に何か言っており、女は表情を曇らせている。

からまれているのかもしれない。迷ったが、吉右衛門は近付き、

「もし、どうかなさいましたか」

と、女に声をかけた。

　三十前後の面長の鼻筋の通った美しい顔立ちだ。切れ長の目はやさしそうで、小さな唇が微かに動いた。

　だが、聞き取れない。代わりに、四角い顔の男が口を開いた。

「おまえさんには関係ねえ」

「しかし、その女子は困っているようです」

「何、誰が困っているだと？」

　もうひとりの細身の男が笑いながら迫った。蔵前のほうから職人ふうの男がやって来るのを見た四角い顔の男が、

「よせ」

　と言い、

「行こう」

「わかった」

　ふたりの男は女に顔を向けてから、橋を渡って去って行った。

「だいじょうぶでしたか」

　ふたりを見送って、吉右衛門は声をかけた。

「はい。ありがとうございました」

女は近寄ってきて、

「いきなり、からまれて困っていました」

と、微かに笑みを浮かべた。

「やはり、そうでしたか。もう、大丈夫だと思いますが。お気をつけて」

「もし、よろしければお名前をお聞かせくださいませんか。私は、おはまと申します」

「おはま……」

ふと、遠い昔のある女の顔が過った。

「名乗るほどではありませんが、吉右衛門です」

色っぽい風姿から、芸者上がりかもしれないと思った。誰かの囲われ者なのだろう。自分が知っているおはまとはまったく違う雰囲気だ。

「では」

吉右衛門が離れようとしたとき、おはまが声をかけた。

「また、お会い出来ましょうか」

思わぬ言葉に、吉右衛門はあわてて、

「お住まいはこの近くですか」

と、きいた。

「はい。柳橋の近くです」

「そうですか。私の家は鳥越神社の近くですから、お会いするかもしれませんね。では」

ふと引きずり込まれそうになる誘惑を振り払って、吉右衛門はおはまと別れた。

早く帰って三味線の稽古をしなければならない。父の七回忌の法要のために、朝から出かけていたのできょうはまだ稽古をしていない。ともかく、三味線は毎日、弾いていなければ腕が落ちる。

元鳥越町の家に帰ると、内弟子の和助が迎えた。

「さっきから市村咲之丞さんのところの番頭さんがお待ちです」

「なに、咲之丞さんの……」

何があったのかと急いで部屋に上がる。

稽古場にしている居間で、小肥りの男が待っていた。

「お待たせしました」

吉右衛門は声をかけて、番頭の前に腰を下ろした。

「師匠。勝手に待たせていただきました」

番頭の顔が強張っていた。やはり、何かあったのだと思った。

「番頭さん。何かありましたか」

吉右衛門は気が急いてきいた。

「はあ」

番頭は言いづらそうに、

「師匠。じつは来月の市村座ですが……」

「ひょっとして、演目が変わったとか？」

来月の市村座は市村咲之丞が『越後獅子』を踊ることになっていた。

越後獅子は毎年田植えの終わった頃から秋にかけて、新潟の月潟村からやって来る門付芸人の獅子舞である。京、大坂では越後獅子、江戸では角兵衛獅子と呼んでいる。

過去にも、立唄を吉右衛門、立三味線を吉次郎、脇三味線を吉栄らの地方で、咲之丞が『越後獅子』を踊ったことがある。

頭に獅子頭をかぶり、一枚歯の高下駄を履き、三味線に合わせて足拍子を踏みながら左右に持った長い晒を捌くのが見所だ。

ただ、一枚歯の高下駄を履き、長い晒を捌くのはかなり体力を使う。それで、急遽演目を別のものにしたいのかと思った。

「いえ、そうじゃありません。じつは、地方を……」

またも、番頭は言いよどむ。

「地方が何か」

「じつは、咲之丞からのお願いで、今回は辞退していただきたいとのことでした」

「今、なんと？」

耳を疑った。

「辞退をしていただけないかとのお願いにございます」

「辞退をしろと？　それはいったいなぜでございますか」

吉右衛門の声が高くなった。

「さあ、私は理由は……」

わからないと、番頭は逃げた。

「では、地方は誰が？」

「杵屋千之助（せんのすけ）さんがお出になると聞いています」

「千之助？　どうして千之助が？」

杵屋千之助は今の杵屋吉寿の弟子だ。まだ、三十そこそこだ。

「私にはわかりません」

「咲之丞さんは理由を言わなかったのですか」

「申し訳ありません」

番頭は頭を下げるだけだった。

吉右衛門は憤然とした。五年前に先代の吉寿が亡くなったあと、娘婿が跡を継ぎ、杵屋吉寿を名乗っている。三十八歳だ。

昔から吉寿を継ぐのは吉右衛門しかいないと思われてきたが、吉右衛門は三十三歳のときに独り立ちした。したがって、その時点で吉右衛門に後継の目はなかったにもかかわらず、他の弟子からも後継者に吉右衛門を推す声は強かった。杵屋吉寿一門では、吉右衛門の技量がもっとも優れていることは誰の目にも明らかだった。

だが、吉右衛門は一門から出て、とうに自分の弟子を抱えている身であり、吉右衛門自身もその気はなかった。

今の吉寿はそのことで、吉右衛門に敵愾心を持っていた。もしかしたら、千之助を推したのは、吉右衛門への敵対の表れであろうか。

「では、私はこれで」

番頭は逃げるように挨拶をして立ち上がった。

「待ってください。明日、詳しい事情をお伺いに行きます。咲之丞さんにそうお伝えください」

「はい。承知しました」

番頭が引き上げたあと、吉右衛門は茫然とした。

吉寿の差し金かどうか迂闊には決めつけられないが、この期に及んでの交替は不自然だ。咲之丞がなぜ、千之助を選んだのか。そのことを確かめなければならない。

二

きょうも、矢内栄次郎は浅草黒船町のお秋の家で三味線の稽古をしていると、お秋が呼びに来た。

「栄次郎さん。どうぞ」

「わかりました」

直参の矜持を保つ母は、栄次郎が三味線弾きになりたいと言ったら、怒りから卒倒しかねない。

だから、自分の屋敷では三味線の稽古は出来ず、しかたなく、お秋の家で三味線の稽古をしている。

お秋は昔、矢内家に女中奉公していた女で、今は南町奉行所の同心支配掛かりの崎(さき)田孫兵衛(たまごべえ)の妾(めかけ)になっていた。

来月、市村座で歌舞伎役者の市村咲之丞が『越後獅子』を踊るが、地方に栄次郎も加わることになっていた。それも、今までは脇三味線だったが、はじめて立三味線だ。

そのために、『越後獅子』をお浚(さら)いしていたのだ。

「崎田さまはいらっしゃったのですか」

栄次郎は三味線を片付けながらきく。

「ええ。最近は、もう栄次郎さんと呑むのが楽しいらしく、今夜もうきうきしているわ」

「そうですか」

お秋といっしょに階下に行くと、孫兵衛は待っていたように、

「栄次郎どの。さあ、一献傾けよう」

と、弾んだ声で言う。

栄次郎は一瞬、何か違和感を持った。いつもは矢内どのと呼びかけ、栄次郎どのとは言わない。それに、顔も愛想を振りまいている。こんな孫兵衛を見るのははじめてだ。何か下心(したごころ)が隠されているような気がする。

栄次郎は警戒しながら、孫兵衛の向かいに用意された膳の前に腰を下ろした。

お秋がふたりに酌をする。

「では、栄次郎どの」

笑みを浮かべて、孫兵衛は猪口を口に運んだ。

「来月、舞台があるそうだのう」

珍しく、孫兵衛はその話題に触れた。芝居や舞踊、長唄などにあまり関心を寄せていない孫兵衛の口からその話題が出たことが信じられない。

「はい。市村座で、市村咲之丞さんの踊りの地方で出させていただきます」

「そうか。素晴らしいな」

孫兵衛は柄にもないことを言う。ますます、何か魂胆があると警戒した。

「お秋。酒だ」

孫兵衛は何杯か猪口を立て続けに空けた。どう切りだそうか、考えているようだ。

栄次郎は、孫兵衛が何を言おうとするのか想像もつかなかった。

孫兵衛はふと、妙なことを口にした。

「わしはお秋のような女と出会えてほんとうによかったと思っている」

「まあ、旦那。なんですね、だしぬけに」

お秋が当惑したように言う。

「いや、ほんとうのことだ」

孫兵衛は真顔になって、

「それにしても、男というものは女にはだらしがないものだ」

と、ため息をついた。

「旦那、どうしたんですの？」

お秋は心配そうにきく。

「どうもしない」

孫兵衛はあわてて答えてから、

「栄次郎どのは、まだ嫁さんをもらわぬのか」

と、きいた。

まさか、嫁の世話をさせてくれと言いだすのではないかと思って、

「はい。まだ、三味線のほうも半人前で、食べていくことは出来ませんから」

と、食べていけないことを強調した。

「そうか」

孫兵衛は酒を呷(あお)ってから、

「男はいくつになっても女子を求めるものなのかな」

と、首を傾げた。

「崎田さま。お知り合いが、女子のことで何か問題でも?」

栄次郎は先回りをしてきいた。

「いや、知り合いといえば知り合いなのだが……」

孫兵衛は意を決したように、

「じつは、京橋にある薬種問屋『旗野屋』の隠居で惣兵衛という男がいる。この男が若い女に入れ揚げてしまったそうなのだ」

「隠居というから年寄りなんでしょう?」

お秋がきいた。

「そうだ。五十は過ぎている。相手の女は二十七、八だそうだ」

孫兵衛は表情を引き締め、

「ところが、惣兵衛はひと月ほど前に女と暮らすと言って家を出たきり、音信不通らしい」

「女といっしょに暮らしているんでしょうか」

お秋は身を乗り出した。この手の話に興味津々のようだ。栄次郎はあまり関心はなかった。

「女が本気なのかどうかわからない。金の切れ目が縁の切れ目で、金がなくなれば、ぽいと捨てられるだけ。家人はそう見ているようだ」

「栄次郎さん。どうぞ」

お秋は栄次郎に酌をしてから、

「どこで暮らしているかわからないんですか」

と、孫兵衛にきく。

「うむ。惣兵衛は伜には女と暮らすと言って出て行ったそうだ」

「あの」

栄次郎は口をはさんだ。

「ひとさまの話はあまり……」

「栄次郎どの。本題はこれからだ」

孫兵衛が言う。

「本題？」

またも、いやな予感がした。

「惣兵衛は昔から堅物で有名だったそうだ。大店の主人でありながら妾を持とうともせず、もちろん女遊びも一切しなかった」

　孫兵衛は勝手に続けた。

「家を出たとき、惣兵衛は六十両ぐらい持っていたそうだ。伜はひとを使って探したが、惣兵衛は見つけ出せなかった。それで、私に相談にきたのだ」

「奉行所ではなく、崎田さまにですね」

「これは事件ではないからな」

　日頃、孫兵衛は『旗野屋』からも付け届けを得ているのだろう。その縁での相談があったものと思える。

「で、探して欲しいと？」

　栄次郎はなんとなく不安を覚えながらきく。

「そうだ。いくらなんでもひと月も音沙汰がないのはおかしいと言うのだ」

「おかしいとは？」

「結局、女に捨てられた。でも家の者に合わせる顔がなくて、帰って来られないのではないかと心配している」

「まさか、私に探せと……」

「栄次郎どの」

孫兵衛は鼻の頭をかきながら、

「旗野屋から頼まれたものの、このようなことで奉行所の人間を煩わすわけにはいかない。そこで、頭に浮かんだのが栄次郎どのだ」

「でも」

「まあ、待て。そなたも、ここで二階の部屋を使っていて、心苦しく思っていたのではないか」

孫兵衛は勝手に決めつける。

「お部屋を貸していただいて、ありがたく思っています。が、決して心苦しくはありません。もし、そうなら、お借りはしません」

「旦那。そうですよ。私が栄次郎さんにぜひ使ってとお願いしたのですから」

お秋が口をはさむ。

「だが、他人の家をただで使っているのは間違いない」

「それはそうですが……」

「まあ、そんなことはどうでもよい。ようするに、栄次郎どのはわしらと家族のようなものだ。だから、頼むのだ」

孫兵衛は勝手な理屈をつけた。

　孫兵衛の言い方には納得いかないものがあるが、惣兵衛の消息がわからないことも心配だった。家族もさぞかし気に病んでいるだろうと思うと、このまま捨てておけなかった。

「わかりました。お引き受けしましょう」

「栄次郎さん」

　お秋が声をかける。

「いえ、お部屋を使わせていただいて心苦しいからではなく、惣兵衛さんのことも心配です。ぜひ、探すお手伝いをさせていただきます」

「さすが、栄次郎どのだ」

　孫兵衛は満足そうに頷いた。

「さっそく惣兵衛さんについて教えてください」

「そんな急がなくともよい」

「いえ。万が一のことを考えたら、なるたけ早く動いたほうがよいと思われます」

「万が一？　惣兵衛どのの身に何かが……」

　孫兵衛は顔色を変えた。

「家の者に合わせる顔がなくて、帰って来られないとしたら、最悪のことも考えられますから」

「自害か」

「ありえない話ではないかと」

「うむ。今のところ、身許不明の変死者の知らせはないが……。しかし、女に捨てられたとしたら、金を巻き上げられた末のことであろうからな」

孫兵衛の表情が翳った。

「まだ、女に捨てられたとは限りませんよ。きっと、楽しく暮らしているのかもしれません」

お秋が口をはさむ。

「確かに、そうですね。で、もし、楽しく暮らしていたら、そっとしておいてあげてよろしいのですね」

栄次郎は確かめた。

「そうだな。まあ、居場所だけは旗野屋に教えてやらねばなるまいが」

「わかりました。ともかく探してみます。うまく見つけられたら、まず崎田さまにお知らせいたします」

「そうしてもらおう」

「旦那」

お秋がにやついて、

「『旗野屋』さんから謝礼がもらえるんでしょう」

と、無遠慮にきいた。

「まあな……」

孫兵衛がうろたえる。

「栄次郎さんには？」

「日頃、崎田さまやお秋さんにお世話になっているのですから、私はそんなものはいりません」

「でも。『旗野屋』さんから謝礼が出るなら、当然栄次郎さんももらうべきなんじゃないですか。ねえ、旦那」

「うむ」

孫兵衛は渋い顔をした。

「崎田さま。もし、そのようなお金があるなら、お秋さんに何か買ってあげてください」

栄次郎は金をもらって頼まれごとをするのは好きではなかった。

「そうさせてもらおう」

孫兵衛は安心したように言った。

おそらく、この件でかなりの額をもらうことになっているのだろう。そうでなければ、孫兵衛がここまで熱心にはならない。

そのことに割り切れないものがあるが、そのことより、惣兵衛の身が心配だった。お秋が言うように、ふたりで楽しく暮らしているとも考えられるが、それだったら家族にも知らせは入るのではないか。

家族も消息がわからないということに、何かの異変を感じるのだ。


お秋の家から湯島切通しを経て本郷の屋敷に帰った。

部屋に入ろうとしたら、兄栄之進が部屋から顔を出し、

「栄次郎、よかったら、来てくれ」

と、声をかけた。

「わかりました」

栄次郎はいったん部屋に入り、差料を刀掛けに掛けてから、兄の部屋に行った。

差し向かいになってから、兄が口を開いた。

「いや、用とはさしたることではない。上役の奥様がそなたの三味線を一度聞いてみたいと仰られてな。それで、来月の市村座の話をしたら、ぜひ観に行きたいということになった。どうだろうか。観に行けるように算段してくれぬか」

兄は御徒目付として、若年寄の耳目となって旗本や御家人を監督する御目付の下で、事務の補助や巡察・取締りを行っている。

上役とは御目付どのであろう。

「わかりました。来月は、市村咲之丞さんの『越後獅子』の地方を務めます。喜んで、手配させていただきます」

「そうか。弟さんにそのような特技があるのですかと、驚かれていた。俺も少し鼻が高かった」

兄は白い歯を見せたが、

「よくよく考えれば、俺はそなたの三味線を一度も聞いていない」

と、苦笑した。

「この屋敷では稽古も出来ませんから」

「うむ。母は厳格なお方だからな」

兄は厳しい顔で、

「やはり、そなたは実の母御の血を引いているのだな」

と、口にした。

栄次郎は十一代将軍家斉の実父である一橋治済が胡蝶という旅芸人に産ませた子だった。一橋家の近習番を勤めていた栄之進の父が栄次郎を引き取って我が子として育てたのである。兄は実の母が旅芸人だからその血を引いたと言ったのである。

「兄上は、父上が岩井さまとお座敷で芸者の三味線で唄っていたことをご存じですか」

栄次郎は口にした。

「なに、父上が?」

兄は目を丸くした。

「岩井さまからお聞きし、私も驚きました。あの謹厳実直で堅物以外の何者でもないと思っていた父上はよく岩井さまとお座敷で遊んでいたようです」

「なんと」

兄は絶句した。まったくの予想外のことだったようだ。

大御所の治済がまだ一橋家にいた頃、岩井文兵衛は一橋家で用人をしており、栄之進の父も一橋家の近習番だった。文兵衛と父はその頃からのつきあいだった。

「そうなのか。父上にはそのような面がおありだったのか」

兄は感嘆した。

「ええ。私が三味線に興味を覚えたのも、そんな父の影響があるのかもしれません。兄上だって」

栄次郎は言いさした。

「なに、俺が?」

義姉が亡くなったあと、塞ぎ込んでいる兄を強引に深川にある『一よし』という遊女屋に連れて行ったら、すっかりやみつきになっていた。

目当ての女に会うだけでなく、見世の女たちを集めて笑わせたりしている。あるとき、『一よし』に行ったら、兄が女たちを集めて笑わせている場面に出くわした。

「はい。兄上も父上の血を引いておられます」

兄は亡き父に似て、いつも難しそうな顔をしており、朴念仁のように見えるが、じつは案外と砕けた人間だった。

「うむ」

兄は咳払いをしてから、

「そうだな」

と、すまして言う。

「兄上も、ぜひ一度、岩井さまの座敷におつきあいしませぬか。きっと、楽しいですよ」

「しかし、俺は唄が苦手だ」

「そう思い込んでいるだけです。岩井さまのお話では、父上は唄もうまかったそうですよ。岩井さまが仰るのですから本物です」

「そうか。父上が唄われていたのか」

「そうです。兄上もすぐ上達します」

「俺はそなたにそそのかされてどんどん遊び人になっていくようだ」

兄は自嘲ぎみに口許を歪めたが、目は笑っていた。

「よし。岩井さまとお座敷に行くまでに、端唄のひとつでも覚えておこう」

「ぜひ、そうなさってください」

栄次郎が勧めたとき、廊下に足音がした。はっとしたのは母ではないかと思ったのだ。

まさか、話を聞かれたわけではないだろうが、栄次郎はあわてた。

「栄之進どの。入りますよ」

母が襖を開けた。

「母上」

栄次郎が声をかける。

「ひそひそ話が聞こえました。ふたりがいっしょなら、ちょうどよい。お話が……」

「母上」

兄があわてて、

「じつは役儀のことで栄次郎に相談していたところなのです。話がまだ済んでおりません。あと四半刻（三十分）ほどお待ちねがいますか」

「そうですか。それなら今夜は遅いですから明日にしましょう」

「はい」

兄はほっとしたように応じた。

「母上、申し訳ございません」

「お仕事なら仕方ありません」

母は部屋を出て行った。

栄次郎は兄と顔を見合せてほっとため息をついた。母の用件はわかっていた。兄の再婚と栄次郎の嫁取りのことだ。

その話題には、ふたりはいつも逃げていた。

「すぐ部屋に戻りたいのですが、まだ引き上げないほうがいいでしょうね」

「四半刻かかると言ってしまった。それまで、ここにいろ」

「はい」

栄次郎は苦笑して答えた。

三

翌朝、朝陽が射し込んでいた。昨夜は興奮していたのか、なかなか寝つけず、眠ったと思ったら目が覚める。そのことの繰り返しだった。

和助に起こされてやっと目覚めた。

朝餉(あさげ)もあまり喉を通らず、すぐにも日本橋葺屋町(ふきやちょう)にある咲之丞の家に出かけたかったが、あいにくきょうは稽古日で、四つ（午前十時）には早い弟子がやって来る。

吉右衛門の弟子は武士、商家の旦那、隠居、職人、町娘など四十人はいる。弟子に迷惑はかけられなかった。

「師匠。お加減でも……」

和助が心配して声をかけた。

気がつくと、箸を持ったまま茫然としていた。

「いや、なんでもない。すまない。もういい」

吉右衛門は箸を置いた。

「そうですか」

和助はそれ以上は何も言わなかったが、昨夜の話は聞こえていたはずだ。

四つに大工の棟梁がやって来たのを皮切りに、続々と弟子がやって来て、いつもと変わらぬように、吉右衛門は稽古をつけた。

横町の隠居が稽古を終えて下がったあと、入れ代わって見台の前に座ったのは、吉栄こと、矢内栄次郎である。

細い顔に涼しげな目許、すらりとした体つきには気品を漂わせるものがある。最近は三味線の上達とともに、そこにそこはかとなく男の色気のようなものが出てきた。

直参の次男坊でありながら、三味線弾きへの道を目指す吉栄は、同じ直参の次男坊である吉次郎こと坂本東次郎とともにきっと大成するだろう。

「お願いいたします」

栄次郎は辞儀をしてから三味線を手にして構えた。

来月の市村座に備えて、『越後獅子』を浚う予定だったが、今はその必要もなくなった。

だが、いちおう、『越後獅子』を浚ったあとで、吉右衛門は三味線を置いて口を開いた。

「吉栄さん。お話があるのですが」

「はい」

何かを感じ取ったように、栄次郎も三味線を置き、居住まいを正した。

「昨夜、市村咲之丞さんの番頭さんがいらっしゃいましてね。咲之丞さんからの言伝てを持ってきました」

吉右衛門は胸の辺りが苦しくなって手でさすってから、

「来月の市村座の地方を下りてくれと言ってきました」

「えっ？」

「驚かれるのも無理もありません。私も寝耳に水のことで、番頭さんの話だけでははっきりした事情はわかりません。あとで、咲之丞さんに会いに行ってわけを聞いてきますが、来月の件はもうなくなったと考えざるを得ません。せっかく、吉栄さんにもお願いしておいたのに、申し訳ないことをいたしました。このとおり、お詫び申し上げます」

「師匠。お顔をお上げください」

栄次郎があわてて言い、

「私にそんな気兼ねはいりません」

口ではそう言うが、栄次郎が落胆していることはわかった。

「せっかく、そのつもりで稽古をしていたのに残念です」

慰めようと口にしたが、愚痴にしかならない。

「はい。でも、急なことで。いったい、何があったのでしょうか」

栄次郎も不思議そうな顔をした。

「わかりません」

「で、代わりの地方はどなたが？」

「杵屋千之助さんです」

「千之助さんですって」

栄次郎は意外そうな顔をした。

「わかりません。なぜ、あのお方なのか」

栄次郎は納得出来ませんと付け加えた。

「おそらく、いえ……」

吉右衛門は言いさした。

「まだ、うかつなことは言えません。また、事情がわかったら、お伝えします」

「わかりました」

栄次郎はため息混じりに答えた。


夕方に、吉右衛門は日本橋葺屋町にある市村咲之丞の家に行った。

小体(こてい)ながら踊りの稽古場もある瀟洒(しょうしゃ)な家だ。

そこの客間で、咲之丞と差し向かいになった。咲之丞は美しい女形で舞台映えがするが、こうして間近で見ると、小じわが目立ち、顔色も悪い。

「吉右衛門さん。申し訳ございません。このとおり、お詫びをいたします」

咲之丞は頭を下げた。

「わけを教えていただけますか」

吉右衛門はつい問い詰めるように強い口調になった。

「それは……」

咲之丞は言いよどむ。

「私より千之助のほうが達者だというのであればいたしかたありません」

「そうではありません」

咲之丞が言下に否定した。

「では、なぜでしょうか。いえ、咲之丞さんがお決めになったことに文句をつけようなどとは思ってもいません。ただ、わけが知りたいだけなのです」

「………」

咲之丞は苦しげに顔を歪めた。

口止めされているのかはわからないが、咲之丞は口に出しづらいのだと思った。

「では、私がこれから言うことが合っているかどうか。違っていたら、違うと仰っていただけますか」

咲之丞は困惑した顔を向けた。

「杵屋吉寿さんからの頼みでは？」

はっとしたように、咲之丞はすぐ顔をそむけた。

「やはり、そうでしたか」

吉右衛門は大きくため息をついた。それにしても、杵屋吉寿にそんな力があるのが不思議だった。

「吉寿さんに逆らうことができなかったのですか」

「いえ」

咲之丞が首を横に振った。

「では、どうして？」

「大和屋さんが吉寿さんの後ろ盾になっているんです」

「ええ。先代の吉寿師匠と大和屋さんは親しい間柄でした。今の吉寿さんも引き続き、後援しているようですね」

「大和屋さんは私の後援もしています」

札差の大和屋は自分の家に舞台を設えるほどの芝居好きで、何人もの役者の後ろ盾になっていた。

「では、大和屋さんが？」

「そうです。大和屋さんから言われました。今度の地方は、千之助でいってくれと。大和屋さんには逆らうわけにはいきません」

「つまり、吉寿さんが大和屋さんに頼み込んだということですね」

「そうです」

咲之丞は答えてから、

「大和屋さんが仰ってました。今や、宗家より吉右衛門さんのほうが弟子も多く、盛んだ。そのことに、吉寿は焦っているようだ。わかってやってくれと」

「事情は呑み込めました」

　吉右衛門は悔しそうに言った。

「吉右衛門さん。申し訳ない」

「仕方ありません。どうか、千之助の立唄で素晴らしい踊りを見せてください。お邪魔しました」

　ほんとうは、千之助の立唄でいい舞台に仕上がるのか心配だと言いたかったが、負け犬の遠吠えのように思われるので口にしなかった。

　咲之丞の家を憂鬱な思いで辞去した。

　吉寿が嫉妬しているらしいことは気づいていた。

　先代の吉寿が生きているときは、弟子の数も五十人を超えていた。吉右衛門は三十三歳のときに独り立ちを許され、弟子を取りはじめた。十年余りで、弟子は今は四十人にもなった。

　一方、宗家である吉寿のところは今の代になってからやめるものが続出し、四十人を切っている。その中でも、吉右衛門のところに弟子入りを望んでいるものもかなりいるらしい。

吉寿がそれを許さないから弟子が吉右衛門のほうに流れてこないが、もし許したらかなりの弟子がやって来るに違いない。

吉寿は、吉右衛門が弟子を横取りしようとしていると思っているらしい。そんな疑心を抱いた吉寿が何か仕掛けてくるのではないかという不安を微かに持っていたのだ。

ひとを羨む気持ちがあるなら、自分の技量を高めるべく精進(しょうじん)してもらいたいと思うが、吉寿は芸よりも世渡りの駆け引きのほうが得意のようだった。

吉右衛門の気を重くしているのが、これが吉寿の攻撃の第一歩で、これからも何かと吉右衛門の邪魔をしてくるのではないかということだった。

吉右衛門は吉寿を潰(つぶ)そうなどとは微塵(みじん)も思っていない。共に精進して、栄えていく。それが願いであった。

今回のことは吉寿の顔を立てよう。問題は今後だ。一度、吉寿と話し合ったほうがいいかもしれない。

だが、そのことでわざわざ会いに行くのは変に勘繰(かんぐ)られる。そう思ったとき、三日後が先代の吉寿師匠の祥月命日(しょうつきめいにち)だということを思い出した。

三日後の昼過ぎ、吉右衛門は日本橋久松町にある杵屋吉寿の家に行った。

格子戸を開けて、奥に声をかけると、住み込みの婆さんが出て来た。

「まあ、鳥越の師匠ではございませんか。今、吉寿師匠はお稽古で」

「ああ、そうらしいね」

稽古場のほうから三味線の音が聞こえてきた。

「あら、吉右衛門さん」

吉寿の妻女ひでが出てきた。三十半ばぐらいだが、二十代にしか見えない妖艶な女だ。おひでは昔から男好きのする顔をしていた。

「先代の師匠の祥月命日なので、お線香を上げさせていただこうと思いまして」

「そう。じゃあ、どうぞ」

おひでは素っ気なかった。吉右衛門にその気があったら、おひでの婿になっていたかもしれない。そうなっていたら、吉右衛門が吉寿を名乗っていたことになる。が、今はそんなこともまったく過去のことだ。

「失礼します」

吉右衛門は部屋に上がった。

仏間に入る。大きな仏壇の前に座って、おひでが灯明が点けた。おひでが場所を空けてから、吉右衛門は仏前に進み出た。

吉右衛門は手を合わせて、

(師匠、この先、不安でなりません。どうか、お守りください)

と、心の内で囁いた。

先代は名人だった。稽古は厳しかったが、情け深いお方だった。ほとんどの弟子は師匠の芸だけに惚れ込んだのではなく、その人間にも惚れ込んだのだ。

先代に少しでも近付くように精進しますと誓って、吉右衛門は仏前を離れた。

おひでと差し向かいになり、

「もう五年ですか。早いものです」

吉右衛門はしみじみ言う。

「吉右衛門さん、だいぶお弟子さんが増えたようですね」

おひでは口許を少し歪めた。

「お稽古に来ない弟子もいますから。まっとうな弟子はそれほどではありません」

わざと控え目に言う。

「そうかしら」

「そうそう、来月の市村座に、千之助が出ることになったそうですね」

「ええ、そうらしいわねえ」

　おひでは微笑んだ。

「千之助なら立派に務まりましょう」

「うちじゃ、一番腕を上げていますからね。師匠も買っている弟子ですから」

　自分の亭主のことを、おひでは吉右衛門の前でも師匠と呼ぶ。こっちが宗家であると強調しているのだ。

「よございました。千之助の他にも三味線で何人か出るのでしょうね」

「ええ。急に、頼まれたようで、あわてたようでしたが、うちの弟子は日頃から稽古に励んでいますから問題はありません」

　つんとした態度で、おひでが言う。

「これも吉寿さんの指導がいいのでしょう。吉寿さんに手透きが出来るようなら少しお話がしたいと思ったのですが、お忙しいようですね」

「ちょっと、師匠の様子をきいてみましょう」

　おひでは立ち上がって稽古場のほうに向かった。

　しばらくして、おひでではなく、当の吉寿がやって来た。硬い表情なのは、市村座のことを意識しているからだろう。

「これは吉右衛門さん」

「ご無沙汰しております」

「お互いさまです。きょうはわざわざお線香を上げに来てくださったようですね」

「はい。お稽古を邪魔してしまいました」

「いや、なに」

なんとなく、やりとりがぎこちない。腹に一物(いちもつ)あるからだろう。

「ところで、来月の市村座に出演するそうですな」

吉右衛門はさりげなく口にした。

「咲之丞さんのたっての頼みでしてね」

「ほう、咲之丞さんの？」

「まあ、頼まれたからにはしっかりとした者を出さなくてはと思い、千之助に唄わせることにしました」

「なぜ、おまえさんが唄わないのですか」

吉右衛門はきいた。

「まあ、唄は千之助が得意としていますからね。私は立三味線で出ます」

「立三味線？」

吉寿が舞台に出ないのは不思議だと思っていたが、三味線でちゃんと出るつもりだったようだ。

「まあ、千之助にとってもいい機会です。今から楽しみです。これからは進んで舞台に出るようにしようと思っています」

吉右衛門の出演を横取りしたことに触れようとしない。それどころか、これからも進んで舞台に出ると言っているのは、吉右衛門の出番を奪おうとしているのか。

「ところで、大和屋さんはいかがですか」

吉右衛門はとぼけてきいた。

「大和屋さんがどうかしたのですか」

吉寿は警戒ぎみにきく。

「いえ、ずいぶん、吉寿さんを応援しているそうではないですか。なんとも、心強い味方ではありませんか」

「あのお方は先代を贔屓にしてくださっていた流れで、私のことも引き立ててくださいます」

「では、来月の市村座出演はさぞかし喜んでくれたでしょうね」

「まあ、そうですね。そろそろ稽古に戻らないと」

吉寿は立ち上がった。

「千之助はもう稽古を終えて帰りました」

「そうですか」

「また、いずれ」

と言い、吉寿は足早に部屋を出て行った。

結局、地方の仕事を横取りしたことは口にしなかった。ほんとうに、吉右衛門が出演することになっていたことを知らなかったのだろうか。

いや、そんなはずはないと思いながら、吉右衛門は吉寿の家を辞去した。


浅草御門を抜け、浅草橋を渡ってから、吉右衛門は足が重くなった。理不尽な仕打ちを受けたようで、気分が優れない。川岸に立って、気分を落ち着かせようとした。

おひでの態度も冷たいものだった。やはり、あのことを根に持っているのだろうか。

先代はおひでと吉右衛門をいっしょにさせる心づもりでいたようだ。だが、吉右衛門のその話を断わった。

婿に入ったから、吉寿の後継になったと思われたくなかった。自分の力で師匠と呼ばれるようになりたい。まだ、若い吉右衛門はそういう野心があった。もっとも、その頃は、まだおはまが達者だった。吉右衛門はおはましか見えなかった。

神田川に川船が行き交う。陽が傾いてきた。吉右衛門の屈託はこれからも吉寿が何かにつけて邪魔をしにかかってくるだろうという恐れだ。

今回のがたまたまのことではない。これがきっかけで、今後も吉寿らの理不尽な攻撃が続く。そんな不穏な空気を感じるのだ。

吉右衛門は何度もため息をついた。

背後に下駄の足音がして、

「もし、吉右衛門さんではありませんか」

と、女の声がした。

振り返って、おやっと思った。

「あなたは……」

色っぽい女が近付いてきた。おはまだ。

「やっぱり、そうでした」

おはまが白い歯を見せ、

「橋の真ん中まできたら、川岸に似ているお方がいらっしゃって、もしやと思って声をかけたんです。うれしいわ」

と、無邪気に喜ぶ。

「それは、とんだところを見られました」

吉右衛門は苦笑した。

「でも、こんなところで何をなさっていたのですか」

「考え事です」

「とても深刻そうに見受けられました」

「そうですか」

「ええ、苦しそうなお顔でした」

「…………」

吉右衛門は思わず顔に手をやった。

「気晴らしに、うちに来ませんか。ぜひ、寄ってください」

片手を胸に当てて、切れ長の目で見つめる仕種が、亡きおはまを思い出させた。

四

おはまの家は黒板塀に囲まれた小体（こてい）な二階家だった。

土間に立ったまま尻込みしていると、おはまが声をかけた。

「私とおとめさんだけ。訪ねてくる者もいません」

おとめという住み込みの婆さんとふたりで住んでいるという。

「それでは」

吉右衛門は部屋に上がった。

庭が見える部屋に通された。茶の間だ。庭が見える。狭い庭だが、手入れが行き届き、小さな池に鯉が跳ね、脇に石灯籠（いしどうろう）があった。

金がかかっている。そういえば、茶簞笥もその他の調度品もみな高級そうだった。

酒の支度が出来、おはまが酌をしてくれた。

「何か困ったことでも？」

「たいしたことではありません」

言ったあとで、吉右衛門は酒を呷（あお）った。

うふっと、おはまは口に手を当てて笑った。白く透き通るような手だ。

「ごめんなさい。今のお酒の呑み方、たいしたことではないという呑み方ではありませんでしたよ」

「そうですね」

吉右衛門はため息をついた。

「私でよければお聞かせくださいな。何も出来なくても、愚痴をこぼせば気晴らしにはなるかもしれませんよ」

おはまは心配そうに顔を寄せた。

「それより、あなたのことをお聞かせください」

「私のことですか」

おはまは当惑ぎみに細い眉を寄せて、

「吉右衛門さんが想像していたのとは違いますよ」

と、自嘲ぎみに言う。

「想像なんて」

あわてて、否定する。

うふっと、また手を口に当てた。

「いいんです。私は囲われ者でした。ここにやって来たのはひと月前です。それまで、深川に家がありましたが、旦那が病気になったので手切れ金をもらって別れ、今はここに越してきて暮らしているんです」

「旦那というのは？」

「木場の材木問屋です。私は小商いの家の娘でした。病気のおっかさんとおとっつあんのふたりの面倒を見なければならず、嫁に行きそびれました。暮らしのために、材木問屋の旦那の世話になることにしたんです」

おはまは儚く笑い、

「去年から今年にかけて、ふた親が亡くなり、それから旦那が病気と、立て続けに不幸が重なって……。仲町で、芸者に出ないかと誘われましたが、芸があるわけじゃありませんし、若いうちならともかく、三十路近くなっては芸者に出ても苦しいでしょうし、私にはそんなことは出来ません。ともかく、もう少しここにいて、これからのことを考えようかと思っているんですよ」

「苦労なさったのですね」

吉右衛門はいたわるように言う。

「苦労だなんて」

おはまは首を横に振った。

「幸い、旦那がとてもいいひとで、暮らしの心配がないようにと、それなりのお金を残してくださいましたから」

「素晴らしい旦那でしたね」

吉右衛門はあとあとまで妾のことを考えていた材木問屋の旦那に感心した。

「私のことばかりでなく、吉右衛門さんのことを教えてくださいな」

おはまは居住まいを正して、

「さあ、白状なさい」

と、冗談まじりに言う。

「白状ですか」

つられて、吉右衛門は笑い、

「さて、何から」

と、きく。

「今、何をなさっているんですか」

「長唄を教えています」

「まあ、長唄？　踊りなどに使われるものですね。私はそのほうはとんと疎くてわかりませんが、すごいんですね」

「いや。そんなことはない」

「おかみさんも鼻が高いでしょうね」

「私は独り身です」

「えっ、ほんとうですか」

おはまは目を輝かせた。

「ええ、ずっと独り身を通してきました」

「なぜ、なんですか」

「芸の道に生きるためでしょうか」

「芸の道?」

おはまは理解出来ないような顔をした。

おはまは長唄も三味線のことも何も知らないようだ。歌舞伎なども観たことはないだろう。ためしにきいた。

「役者の市村咲之丞をご存じですか」

「いえ、知りません」

やはり、歌舞伎も知らない。

そのことがかえって新鮮だった。これまで、吉右衛門の周囲にいる女子はほとんど吉右衛門の芸にも興味を惹（ひ）かれて近付いてきた。つまり、長唄の吉右衛門に接してきたのだ。

ところが、おはまは生身（なまみ）の吉右衛門だけを見ている。

「これまで、ひとりも所帯を持ちたいと思った女のひとはいなかったのですか」

「ひとりだけいました」

「どうしてだめだったんですか」

「病気で亡くなりました」

「まあ」

おはまは痛ましげに眉根を寄せたが、

「でも、そのお方、吉右衛門さんにそう思われていたんですから、仕合わせですね」

と、うらやましそうに言う。

「どうでしょうか」

吉右衛門は呟く。

「ほんとうに仕合わせですよ。なんというお名前でした？」

おはまはきいた。

「名前ですか」

吉右衛門は戸惑った。

「何か、差し障りが……？」

おはまは不安そうな顔をした。

「いえ」

吉右衛門は首を横に振り、

「じつは、あなたと同じ名なのです」

「えっ？」

「おはまです。三味線弾きでした」

「そうなんですか。私たちが出会ったのは、きっと神様か仏様のお導きですわ。そうは思いませんか」

おはまは相好(そうごう)を崩した。

「そうかもしれませんね」

吉右衛門も笑った。

「さあ、呑んでください。私もいただきます」

おはまは長火鉢からちろりをとって、吉右衛門の猪口に酒を注いだ。

酒がまわってきて、気がつくと、吉右衛門の心から屈託はまったく消えていた。仮に、吉寿が何かと邪魔をしてきても、周囲のひとはどっちに非があるかわかるはずだ。

「おはまさん。おかげで気分がすっきりしました」

「それはよございました」

「もう、帰らないと」

「えっ、もうお帰りですか」

おはまは悲しげな顔をした。それが愛(いと)おしく思えた。女子にこのような気持ちを持ったのは何年ぶりだろうか。

「また、寄せてもらいますよ。近いですから」

「ほんとうですよ」

おはまは甘えるように言う。

「ああ、ほんとうだ」

吉右衛門はこれまでにもそれなりに何人かの女と遊んできた。だから、女に疎いわけではない。

おはまが何らかの魂胆があって自分に近付いてきたのか、純粋な気持ちなのか、その判断は冷静に出来るつもりだった。

もちろん、おはまが話した自分の過去がすべてほんとうだとは思えない。実際は、人妻だったかもしれないし、あるいはやくざの男の情婦だったかもしれない。

しかし、過去に関わりなく、おはまが吉右衛門に好意を示しているのは偽りではないと思った。もっとも、それがどの程度のものかまではわからないが、少なくとも吉右衛門を頼ろうとしていることはわかった。

格子戸の外まで出てきて、おはまは吉右衛門を見送った。

通りに出る前に振り返ると、おはまはまだ立っていた。

吉右衛門が家に帰ると、和助が待ちかねたように、

「大和屋さんが最前までお待ちでした」

と、告げた。

「『大和屋』の旦那が？」

「はい。また、明日、出直すと仰ってお帰りになりました」

「わかった」

急に不快なことを思い出し、おはまと会っていた心地好い気分が壊された。

大和屋は気が咎めたのだろうか。それとも、今後は、吉例の正月に『大和屋』の屋

敷で行なわれる踊りの会の地方も、吉寿のほうに出演を頼むことになったと告げに来たのか。

どうも、そうらしいと、吉右衛門は思った。

しかし、話を聞かないうちに勝手な判断は出来ない。

翌朝、五つ（午前八時）をまわって、吉右衛門は『大和屋』のある森田町に向かった。近いので、最初の弟子がやって来る四つ（午前十時）までには余裕で帰って来られる。

浅草のほうから流れている新堀川を渡り、森田町にやって来た。

『大和屋』の店先にやってくると、すでに大戸は開き、暖簾がかかっていた。

まず、番頭は吉右衛門に気づき、

「師匠ではございませんか。旦那に御用で？」

と、声をかけてきた。

「ええ。ご都合をきいてきてくださいませんか」

「はい。少々お待ちください」

店の中に入った番頭がほどなく出て来た。

「家のほうにおまわりくださいとのことでございます」

「わかりました」

吉右衛門は脇にある家人用の出入り口に向かった。

格子戸を開けると、女中が待っていて、案内してくれた。

庭に面した客間に向かう。途中、廊下から広い庭の向こうに芝居の舞台が見えた。

毎月一度、素人芝居を楽しむほどに大和屋は芝居好きであった。正月には踊りの会が開かれる。

客間に通されて待っていると、大和屋庄左衛門（しょうざえもん）がやって来た。

芝居がかった仕種で、目の前に腰を下ろした。五十歳になるが、まだ顔の艶（つや）もよく、若々しい。

「昨夜は失礼いたしました」

留守していた詫びを入れてから、

「で、どのような御用でございましょうか」

と、吉右衛門は切りだした。

「うむ」

大和屋は眩（まぶ）しそうに目を細めてから、

「来月の市村座の件だが」

と、切りだした。

「はい。咲之丞さんから聞きました。吉寿さんが地方を務めることになったからと」

「そうなのだ。咲之丞から聞いてびっくりしてな」

「…………」

何か違和感を抱く。

「咲之丞が私に、いつも吉右衛門さんのところが地方だと踊りが型にはまって新鮮味が出ない。急だが、市村座では杵屋吉寿さんのところとやってみたい。ついては、吉寿にきいてみてくれないかと頼まれてな」

「咲之丞さんの意向だと言うのですか」

「そうだ」

「咲之丞さんはそんなふうには仰ってませんでした」

大和屋の右眉がぴくりと動いた。

「それはそうであろう。そのようなことを面と向かって言えやしまい」

「それにしても、このような大きなことをなぜ、今になって言いだしたのでしょうか。もっと前から考えておくべきことではありませんか」

「閃(ひらめ)いたのであろう」

大和屋が苦し紛れに言う。

「ふつうでは考えられません。吉寿さんから頼まれて、大和屋さんが咲之丞さんに頼んだと、私は承知していました。違うのですか」

「それは誤解だ」

大和屋は厳しい顔で言う。

「咲之丞は新しい踊りを編み出したいと言っていた。そのために、とりあえず地方を替えてみようと思ったそうだ。そういうわけだから、咲之丞の地方は今後しばらく、吉寿にお願いする」

「すると、正月も？」

「そういうことになるな」

大和屋は顔をそむけて言い、

「おまえさんもいろいろ不満もあるだろうが、ここは咲之丞の顔を立ててやってもらいたい」

「咲之丞さんの顔ですか。吉寿さんの顔ではないのですか」

「違う」

大和屋は怒ったように言う。

「わかりました。もう一度、咲之丞さんに会って確かめてきます」

「待ちなさい」

大和屋が引き止めた。

「咲之丞がほんとうのことを言うはずがなかろう」

「いいえ、新しい工夫をしたいという理由なら私にもわかります。でも、きのうはそんなことは少しも言ってませんでした」

「咲之丞を責めるような真似はやめてもらいたい」

「責めたりしません」

「それならいいが、あまり追い込んで、本番に影響したらえらいことなのでな」

「わかりました。十分に気をつけましょう。失礼しました」

吉右衛門は挨拶して立ち上がった。

わからない、と吉右衛門は『大和屋』を出て帰宅するまで、何度も呟いた。なぜ、大和屋は吉寿のためにこれほどのことをするのか。

確かに、大和屋は先代を後援し、その縁から先代亡きあとは吉右衛門によくしてくれていた。もちろん、先代からの縁であり、娘婿の吉寿も応援していた。だが、これほど、露骨に吉寿の肩を持つことが不思議だ。

大和屋が言う咲之丞云々は信じられない。咲之丞に責任を転嫁しているだけだ。

大和屋と吉寿に何があったのか。深く結びつく何かがあったとしか思えない。が、それが何かとなると、さっぱりわからない。

気がつくと、自分の家の前に来ていた。ふと、おはまの顔が脳裏を掠めた。ざわつく心をなぐさめてくれるのは、あの女しかいない。吉右衛門はそう思った。

五

きょうも、栄次郎は本湊町にやって来た。鉄砲洲稲荷の近くに惣兵衛は家を借りていたのだ。

崎田孫兵衛の依頼を受けた翌日、栄次郎は京橋にある『旗野屋』に行き、家人から事情をきいた。

惣兵衛が夢中になった若い女はお蝶と言い、三カ月前に癪の薬を求めにきた客だったという。隠居の惣兵衛が店に出ることはないが、たまたま何かの用事があって店に出ていたとき、お蝶がやって来た。

癪の症状をお蝶が説明していたが、手代でははっきりわからず、番頭もいなかったので、惣兵衛が話を聞いた。

惣兵衛は丁寧に応対し、薬を調合して出した。ふつか後、お蝶がやって来て、おかげで痛みがなくなってすっきりした、ぜひ、お礼が言いたいと、惣兵衛に会いに来たのだという。

お蝶が惣兵衛に何を語ったのか、惣兵衛がどう答えたのかはわからない。ただ、お蝶が帰ってあと、惣兵衛の顔が上気(じょうき)していたらしい。

それからたびたび惣兵衛は外出するようになった。隠居してからいっきに老け込み、ほとんど外に出ることがなかったのに、家人も不思議に思っていたようだ。

だが、この時点でも、お蝶との関係はわからなかった。

その後も惣兵衛の外出は続き、夜遅く帰ってくることも多くなった。出かけるたびに金を持って行く。ただごとではないと思い、家人は手代に惣兵衛のあとをつけさせた。

すると、本湊町の一軒家に入って行った。そこで一刻(二時間)ほど過ごして、惣兵衛が出て来た。手代はいっしょに出て来た女を見て目を瞠(みは)ったという。

客で来た若い女だったからだ。ふたりはずいぶん親しげだった。

手代から話を聞いて、家人には思い当たる節はいくつかあった。最近、惣兵衛が若々しくなったこと、着る物も少し派手になったこと、そして何よりも上機嫌だということだ。そのことだけをとれば悪いことはない。

だが、相手は若い女だ。本気で、五十過ぎの男に惚れているわけではない。金目当てだと、家人は心配していた。

一ヵ月前、とうとう惣兵衛は女のところに出かけたきり帰ってこなかった。置き手紙があり、探さないでくれと書いてあったという。

てっきり、本湊町の家で暮らしているものと思っていたので、置き手紙に書いてあったとおり、そっとしておいた。居場所はわかっているという安心感があった。

十日後に旗野屋が様子を見に行ったところ、その家に惣兵衛も女もいなかった。すでに引っ越していたのだ。その家は、別の人間が住んでいた。

近所の者は、女を囲い者だと思っていた。ときたま、年寄りの男が訪ねてきて、しばらく過ごしていくのだ。誰もがそう思っていた。

大家の口から女がお蝶という名だと知ったが、お蝶がどんな女かはわからなかった。

ふたりは、どこか別の場所に住み替え、そのうち何か知らせてくると思っていたが、ひと月経っても音沙汰がない。無事でいるのか、何かあったのか。とうとう耐えきれなくなって、崎田孫兵衛に相談したのだと、旗野屋は栄次郎に語った。

惣兵衛を探し出すと約束をしたものの手掛かりは本湊町の家しかない。その家の大家にきいても、旗野屋が聞いた以上の話を聞くことは出来なかった。

僅かしかなかった家財道具は同じ町内にある道具屋に売り払い、身ひとつで出て行ったらしい。惣兵衛は『旗野屋』を出るにあたり、六十両を持っていたというので、どこか別の場所に新たに家を借り、静かに暮らしているのだろう。惣兵衛にしてみたら、家の者に居場所を知られたくなかった。あれやこれやの差し出がましい口が入ることを嫌っていたのだ。

きょう栄次郎は再度、お蝶が住んでいた長屋にやって来た。もう一度、何か手掛かりを探そうと思った。

前回も話を聞いた隣家のかみさんを訪ねた。

「たびたびお邪魔して申し訳ありません」

栄次郎は土間に入って、小肥りのかみさんにきく。

「それはいいんですけど、お役に立つようなことはないと思いますが」

かみさんはすまなそうに言う。

「お蝶さんは惣兵衛さんがやって来ないときもずっと家にいたのですか」

「いえ、めったに見かけませんでした」

「見かけないというのは？　あまり家から出ないということですか」

「いいえ。いなかったんじゃないかしら」

「いない？　どういうことですか」

「ふだんは住んでいなかったように思えます」

意外な話だった。お蝶はここに住んでいるわけではなかったのか。

「お蝶さんはここで毎日寝泊まりしていたわけではないのですか」

「そんな感じでした。旦那が来ない日は、夜になっても部屋の中が真っ暗だったので、ひょっとしたらいなかったのかも」

かみさんは、思い出したように言う。

「そうでしたか。ここに住んでいたわけではなかったのですね」

この家は、惣兵衛がお蝶との逢瀬（おうせ）のために借りたものだ。お蝶はもともとどこかに住んでいたのだ。

京橋にある『旗野屋』に薬を買いに訪れているのだから、その近くに住まいがあったのではないか。

惣兵衛の店にあまりに近くて逢瀬には適さない。そこで、ここの家を借りた。お蝶は前の家から引っ越してきていたのではなく、ふだんは前の家に住んでいて、惣兵衛と会うときだけ、この家に通っていたのかもしれない。

　つまり、ここでの暮らしからは、お蝶の素顔はわからないということだ。

「他に訪れるひともいなかったのですね」

「ええ。一度も見かけたことはありません」

「前もお訊ねしましたが、お蝶さんは寂しそうな感じだったのですね」

「そうです。目鼻立ちははっきりしていましたが、寂しそうな感じでした」

「ふたりはどんな様子でしたか」

「仲よさそうでした。ときたま、ふたりで鉄砲洲稲荷にお参りに行っていたようで、そのときもぴたっとくっついて」

「ふたりとも楽しそうだったのですね」

「そうです」

「ふたりが喧嘩をしていたことはありましたか」

「いえ、気がつきませんでした」

「お蝶さんと話したことはありますか」

「挨拶程度です」

「そうですか。お邪魔しました」

栄次郎は礼を言って土間を出た。

栄次郎は鉄砲洲稲荷に向かった。惣兵衛とお蝶はお参りに行っていたらしい。大勢の参詣客が鉄砲洲稲荷に向かう。

稲荷橋を渡って駕籠(かご)がやって来た。駕籠は稲荷社の前に停まり、商家の内儀ふうの女が下りた。

稲荷社の前には別の駕籠が客待ちをしていた。栄次郎は駕籠を見つめて、思った。お蝶は自分の住まいから歩いてあの家に通っていたのだろうか。

駕籠に乗ったかどうかわからないが、念のためだと思い、もう一度さっきの家に戻った。格子戸を開いて、声をかける。

小肥りのかみさんが出て来た。

「すみません。たびたび」

「いえ」

かみさんは呆れたように苦笑した。

「お蝶さんは、駕籠に乗ってませんでしたか」

「ええ、駕籠から下りたのをよく見てますよ」

「出かけるときはどうしたんでしょうか」

「一度、鉄砲洲稲荷の前で客待ちしている駕籠に乗って行くのを見たことがあります」

「そうですか。助かりました」

栄次郎は礼を言い、外に飛び出た。

再び、鉄砲洲稲荷に行き、客待ちしている駕籠かきに声をかけた。

「ちょっとお訊ねします」

「なんですね」

肩が盛り上がっているたくましい体の男が顔を向けた。

「三カ月前から一カ月前の間で、本湊町からやって来た二十七、八歳の細面の寂しそうな感じの女子を乗せたことはありませんか」

「そんな昔のこと、覚えちゃいないね」

微かに表情が動いたのを見逃さなかった。心当たりがあるに違いない。栄次郎はすかさず財布を取り出し、銭を握らせた。

「思い出していただけませんか」

「思い出した」

駕籠かきはにやりと笑った。

「いい女だったからな。よく、覚えている」

「どこまで乗せて行ったのですか」

「仙台堀にかかる亀久橋の南詰めだ」

「深川ですか」

「そうよ。霊岸島から永代橋を渡った」

　後棒の男が応じた。

「亀久橋からどこに向かったかわかりませんか」

　男なら興味を持ったに違いない。

　ふたりは互いに顔を見合せてから、

「亀久町に入って行った」

「亀久町のどこだかわかりませんか」

「そこまではわからねえ」

　礼を言い、栄次郎は駕籠かきと別れ、稲荷橋を渡った。

　永代橋を渡り、栄次郎は仙台堀の川筋を亀久町にやって来た。

　栄次郎は自身番に顔を出し、詰めている家主に、

「私は矢内栄次郎と申しまして、南町(みなみまち)の崎田孫兵衛さまのお手伝いをしています」

と、名乗った。

「崎田さまの……。そうですか」

家主は居住まいを改めた。

「お蝶という二十七、八歳の女子を探しています。細面で、寂しそうな感じだといいます。この町内に入るのを見たというひとがいたのですが」

「お蝶さんですか」

家主は背後にいる他の家主や番人に顔を向けた。

中の恰幅(かっぷく)のよい壮年の男が、

「似たような女子は、私が差配をしている借家に住んでおります。二十八歳の寂しそうな顔立ちでございました」

「おりましたか」

「ただし、お蝶という名前ではございません」

「お蝶ではない?」

「はい。おみつさんと仰っておいででした」

「おみつですか」

別人だろうか。

「で、おみつさんは今もその家に？」

「いえ。ひと月前に引っ越して行きました」

「ひと月前……」

本湊町の家から越したのと同じ時期だ。

「どこに引っ越したかわかりませんか」

「いえ」

「おみつさんはひとりでお住まいでしたか」

「いえ。ご亭主とふたりで住んでおりました」

「ご亭主？」

亭主持ちだということで、ひょっとしたらお蝶とは別人かもしれないと思った。

「ええ。ただ、ご亭主は三カ月前に商用で美濃に出かけたまま、まだ帰ってきていませんでした」

「ご亭主は何を？」

「紙の仲買人だそうです」

「そうですか。では、ご亭主が戻らないうちに引っ越しをしていったというのですね」

「ええ」

「すみません。家はどちらでしょうか。隣りのお方に話をきいてみたいのですが」

「ご案内しましょう」

家主が立ち上がった。

「いえ、場所を教えていただければ」

「さいですか。この道を奥に向かうと、武家屋敷の塀に出ます。その手前の一軒家でございます。隣りの荒物屋できけば、何かわかるかもしれません」

「ありがとうございます」

栄次郎が礼を言って引き上げようとすると、

「何かあったのでございましょうか」

と、家主が不審そうにきいた。

「私も詳しいことはわかりませんが、ひとに頼まれて崎田さまは、お蝶という女子を探しているんです。あくまでも私事なので、私が代わりに探すことになりました」

「そうでございますか。で、おみつがお蝶なのでしょうか」

「おそらく、ひと違いかもしれませんが、一応確かめておきませんと。失礼します」

栄次郎は自身番を出た。

両側に小商いの店が並ぶ通りを奥に向かう。路地で子どもが犬とたわむれている。西陽が眩しい。

正面に武家屋敷の塀が見えてきた。右手に荒物屋が現れた。隣りが、おみつが住んでいた家だ。

その家の前まで行き、引き返して荒物屋に入った。

店番をしていた年寄りに、おみつと亭主のことをきいた。

「へえ、おみつさんは二十八歳だそうです。寂しそうな顔立ちの美人でした。亭主は茂三（しげぞう）といい、紙の仲買人をしていると言っていました」

「茂三さんはいくつぐらいでしたか」

「三十前後でしょう。体が大きく、強面（こわもて）でした。最初は、やくざかと思ったぐらいです」

頭髪の薄い年寄りは口をもぐもぐさせて答える。

「隣りは何年住んでいたんですか」

「三年でしょう」

「どんな夫婦だったのでしょうか」

「茂三さんは商売柄か、家を空けることが多く、半年に一度はひと月ぐらい旅に出ていたようです」

「その間はおみつさんひとりで留守を?」

「そうです」

「この家にはひとの出入りはありましたか」

「仲買仲間らしい男が数人、よくやって来ていました」

「おみつさんは一ヵ月前に引っ越して行ったんですね」

「そうです」

「どうして引っ越して行ったんでしょうか」

「わかりません」

「そのとき、茂三さんは?」

「そういえば、茂三さんの姿は見ませんでした」

「いつごろからですか」

「長い間、見ていなかったな」

「たとえば三ヵ月前は?」

「そう、その頃から見ていない」

「そうですか」

茂三は三カ月前から帰っていない。どうしたのだろうか。

「お蝶という名を聞いたことはありますか」

栄次郎はさらにきいた。

「いえ」

「おみつさんは持病があったのでしょうか。たとえば、癪で苦しんだり?」

「そういう話は聞きません」

「おみつさんはよく外出していましたか」

「ええ。ときたま、出かけていたようです」

「どこに行ったのかわかりませんか」

「さあ。たぶん、遠出だと思います。一度、夕方に亀久橋の袂で駕籠から下りたおみつさんを見かけたことがあります」

「駕籠で亀久橋ですか」

やはり、おみつはお蝶だったのか。

礼を言って引き上げてから、栄次郎はこの近くにある駕籠屋を探した。おみつをどこまで乗せたか。それによって、おみつとお蝶が同じ人間だったかがわかる。

冬木町（ふゆきちょう）に駕籠屋があった。栄次郎はその店先に入った。そして、出てきたときには複雑な思いをしていた。

やはり、おみつを何度か鉄砲洲稲荷まで運んだという。おみつがお蝶を名乗って惣兵衛と親しくなったのだ。

亭主がいたらしいが、姿を見かけなくなったという。亭主の茂三はどうしたのか。お蝶こと、おみつの行方はまだ手掛かりはなかった。

第二章　やすらぎ

一

何度か行き来をした。迷っている。思い切って格子戸に向かいかけながら、吉右衛門はまた足を止め、深くため息をついた。

初な若者のように、吉右衛門はおはまの家の前でためらっていた。自分でも、不思議だった。もう何年もこのような切ない気持ちになったことはなかった。

吉右衛門は自分は若くないことを自覚している。金で女と遊ぶならともかく、自分が今さら女に惹かれるとは思ってもいなかった。自分にまだ女を愛しく思う気持ちが残っていることが不思議だった。

だが、これも今、吉右衛門が置かれた理不尽なありさまが、おはまへの思いに向かわせたのに違いない。

札差大和屋の裏切り、宗家杵屋吉寿の横槍など、独り立ちしたあと、吉右衛門ははじめて窮地に追いつめられた。

芸道の世界は芸の力だけで生きていく。そう思っていたが、必ずしもそうではなかったという事実に愕然とせざるを得なかった。

札差大和屋の力の大きさを今さらながらに思い知らされた。歌舞伎役者にとっても、大和屋の後援を得られるか得られないかは今後の役者人生に大きく左右する。

市村咲之丞も大和屋には逆らえない。それにしても、大和屋が吉寿とどうしてそんなに強い結びつきが出来たのかがわからない。

もともと、大和屋は先代の吉寿の後援をしていた。だから、娘婿の今の吉寿にも同じように接するのはわかる。

だが、大和屋は自分でも芝居をし、芸を見る目を持っている男だった。純粋に芸に対して後援をしていた。その大和屋は吉右衛門の技量を高く買ってくれていたからこそ、独り立ちしたあとも何かと援助をしてくれた。

正月に、自分の屋敷で行なわれる踊りの会に吉右衛門を地方として招いてくれるのも芸に惚れてくれていたからだ。

吉寿の芸が吉右衛門を凌いだというなら仕方ない。だが、そういうことではないのだ。

もちろん、今回のことが一過性のものならどうということはない。今回の市村座を休み、次回の正月の『大和屋』での踊りの会も遠慮する。それだけなら、どうということはない。

だが、大和屋の口振りでは、今後も吉寿を後援していくつもりのようだ。そして、吉寿は今や宗家を凌ぐ勢いの吉右衛門に嫉妬から敵意を持っている。

今後、大和屋と結びつき、吉右衛門の邪魔をしてくるに違いない。そのことが目に見えているのだ。

自分が甘かったと、吉右衛門は臍を噛んだ。芸人は芸道一筋、芸を磨けばいい。そう信じてきた。

だが、後援者がいなければ何も出来ない。もちろん、単なる町の師匠でいいなら、何ら問題はない。

だが、吉右衛門は今や芝居小屋で芸を披露する身であり、弟子の吉次郎や吉栄にも舞台に立たせる。そうやって、弟子を大きくさせてきた。もしかしたら、その道が閉ざされてしまうかもしれないのだ。

　このやりきれない気持ちを癒してくれるのはおはましかない。吉右衛門は何度もためらったが、背後を通る女がじろじろ見ているのをきっかけに、思い切って格子戸に手をかけた。

　戸を開けて、

「ごめんください」

　と、吉右衛門は声をかけた。

　はあいと落ち着いた声がし、おはまが出て来た。

「まあ、吉右衛門さん」

　おはまが満面に笑みを湛えた。

「すみません。ずうずうしく来てしまいました」

「さあ、お上がりください」

　おはまは手をとらんばかりに言う。

「失礼します」

　吉右衛門は部屋に上がり、茶の間に行った。

　長火鉢にある鉄瓶から湯気が出ている。

「そこにお座りになって」

おはまはちろりに酒を入れ、長火鉢で燗をし、

「うれしいわ。来ていただいて」

と、弾んだ声で言う。

「じつは迷いました」

「迷う？」

おはまは眉根を寄せた。

「あなたに迷惑がられるのではないかと」

「とんでもない。迷惑だなんて。とてもうれしいです」

おはまの表情は生き生きしていた。吉右衛門も心が弾んできた。

「おとめさんは？」

「きょうは娘さんの嫁ぎ先に呼ばれて行っています。泊まってくるそうです」

ふたりきりだと思うと、胸が騒いだ。

「さあ、どうぞ」

おはまは猪口を吉右衛門に渡し、ちろりから猪口に酒を注いだ。吉右衛門はおはまの目を見返してから猪口を口に運んだ。

「あなたも」

猪口を渡し、今度は吉右衛門が酌をした。

おはまはぐっとひと息で呑み干した。

「おいしい」

それから、吉右衛門は何杯も酒を呑んだ。おはまもほんのり目の縁が紅く染まってきた。足を崩した姿がなまめかしく、吉右衛門は気づかれぬように深呼吸をした。

だんだん、おはまが体を寄せてきた。

「ごめんなさい。なんだか、酔ってしまったみたい」

いきなり、おはまが体を預けてきた。

「おはまさん」

肩に手をかけ、呼びかけると、おはまが顔を上げた。目の前におはまの顔がある。おはまの口から吐息が漏れる。

吉右衛門はおはまの肩にかけた手に力を込めた。

有明行灯(ありあけあんどん)の灯は天井まで届かない。吉右衛門は暗い天井を見つめ、嵐のようなひとときを思い出していた。

自分にもこのような若さがまだ残っていたのかという満ち足りた思いと気だるさの

中に身を任せていた。

寝間でのおはまは慎ましい女とは別人のように吉右衛門の動きに合わせて喘ぎ声を発し、ときには自ら激しく求めてきた。

耳元で、おはまの寝息が聞こえる。愛しいと思った。このまま何もかも捨てて、おはまと生きていけたら……。

そう思ったとたん、またも自分を取り巻いている困難を思い出した。単に、大和屋が吉寿の後援に乗り出したのではない。吉寿が宗家の体面を保つために。大和屋を使って吉右衛門を潰しにかかっている。そういうことなのだ。

芸の腕でのしあがるのはいい。だが、芸以外のことでこそやることは、それこそ芸そのものを貶めることだ。だが、そんな言い分が吉寿に通じるとは思えない。

芸道の精進だけに専念したいのに、このようなことに力を傾けなければならないことにうんざりした。いや、このまま何もしなければ、吉右衛門は叩き潰されるかもしれない。それほどの危機かもしれなかった。

「どうかなさいましたか」

耳許で、おはまの声がした。

「えっ?」

「とても苦しそうな息づかいでした」

うめき声を発していたのかもしれない。

「すまない。ちょっと考え事をしていた」

腕の中に、おはまがいるのを確かめるように手に力を込める。

「可哀そう」

おはまが吉右衛門の裸の胸に手を置いて、上から顔を覗き込んだ。

「煙草、つけましょうか」

「いや。いい」

吉右衛門はおはまの肩を抱いたまま言う。

「私に話してくださいな。少しは気分が晴れるかもしれませんよ」

「いや、よけいな気を使わせてすまなかった。仕事のことだ。心配ない」

「いえ、仰って」

おはまがなおも顔を覗き込んで、

「だって、心配なんですもの」

「ありがとう」

吉右衛門はおはまの目を見つめた。薄暗い中でも、おはまの目が強い光で見つめ返していたのがわかる。

「私は仕合わせだ」

吉右衛門は呟くように言う。

「私こそ。もう、私にはこのような安らぎを覚える日はこないものと思っていました。あなたに出会えてよかった」

おはまは吉右衛門の胸に頬を押しつけた。

「それは私の台詞だ。おはまといっしょにいると、心が癒される。悩んでいたことが下らなく思える」

老年の四十を過ぎ、あとは芸の道に精進をし、名人を目指す。それが、吉右衛門の生き方であった。もはや色恋沙汰は無縁のものと思っていた。だが、心の隅にはまだ若いのだという思いがくすぶっていた。

おはまに惹かれたのは大和屋の理不尽な仕打ちから逃れようとした思いが、自分の中に残っていた男の部分を目覚めさせたのだ。あと数年もすれば、完全に消えてなくなってしまうかもしれない激しい感情が再び燃え上がった。俺はまだ若いのだという力が漲ってくるのを覚えた。

そうだ。俺だってまだ若い。このまま朽ち果てるわけにはいかない。吉寿や大和屋がどのような汚い手を使ってこようが、負けるわけにはいかない。

かっと、吉右衛門は目を見ひらいた。胸の鼓動が伝わったのか、おはまが顔を離した。

吉右衛門は半身を起こした。いっしょに、おはまも体を起こす。

「おはま。私は負けない。闘ってみせる」

「…………」

「おはま」

吉右衛門は再び、おはまを抱きしめそのまま倒れ込み、今度は乱暴におはまの体に分け入った。

それから、半刻（一時間）後、おはまが背後から着物を着せ掛けてくれた。吉右衛門は帯を締めてから、

「また寄せてもらうよ」

と、おはまの肩を抱いて引き寄せた。

「お待ちしてます」

「ああ」

「安心しました」

「何が？」

「さっきの苦しそうな表情がなくなっているから」

「うむ。そなたから力をもらった」

「ほんとうですか」

「ほんとうだ」

「よかった」

おはまは白い歯を見せた。

「では」

「はい。お気をつけて」

吉右衛門はおはまに見送られて家を出た。

暗い路地から蔵前の大通りに出る。もうすっかりひとの行き来は絶えていた。

鳥越神社の裏手にある家に帰りつくと、内弟子の和助が出迎えた。

「お帰りなさいまし」

「留守中、何かあったか」

「いえ。ありません」

「そうか。わかった。もう、休んでよい」

「はい」

和助が自分の部屋に向かい、吉右衛門は居間に行ってから濡縁に出て内庭を眺めた。明日、もう一度、咲之丞のところに行ってみるつもりだった。咲之丞の本心を確かめ、それによっては、吉右衛門も考え直さねばならなかった。

雲が切れて月影が射した。いつしか、おはまのことを考えていた。

おはまは囲われ者だったという。旦那が病気になって手切れ金をもらって別れ、柳橋に引っ越してきた。

もし、旦那が病気にならなければ、出会うことはなかったのだ。

おはまも苦労した女だ。病気のふた親の面倒を見るために、材木問屋の旦那の世話になった。そのふた親も亡くなったという。

そんなおはまにとっても、吉右衛門は支えなのかもしれない。いや、支えてやりたいと思うのだ。

その思いが、吉寿と大和屋の策謀に立ち向かう勇気となった。

翌日の夕方、最後の弟子が帰ったあと、吉右衛門が外出の支度をした。

「師匠。お出掛けですか」

「咲之丞さんのところだ。一刻（二時間）ほどで帰る」

「はい。行ってらっしゃいまし」

吉右衛門は外に出た。

西陽が射していた。それから四半刻（三十分）後に、吉右衛門は咲之丞の家にやって来た。

格子戸に手をかけたとき、ふと稽古場のほうから『越後獅子』の唄声と三味線の音が聞こえてきた。

あの声は……。吉右衛門は稽古場のほうにまわった。連子窓（れんじまど）のそばに立ち、中を覗く。

やはり、千之助が唄を、吉寿が三味線を弾き、咲之丞が踊っていた。

来月の市村座の稽古だ。千之助は体が大きい分、声量があり、迫力はある。が、情感に欠ける。踊りを押し退けようとする唄だと、吉右衛門は素直に思った。吉寿の三味線は確かに技巧に長（た）けている。しかし、唄と踊りにうまく溶け込んでいない。

咲之丞の踊りが小さくなっている。そんな気がしたのは、決して吉右衛門のひとりよがりな感想ではない。

もっとも、稽古をはじめたばかりだから、これからもっとよくなっていくかもしれないが、問題は心だ。

千之助の唄も吉寿の三味線も出しゃばっている。これでは、咲之丞は気持ちよく踊れないだろう。

ふと、稽古場の端に大和屋の姿があるのに気づいた。稽古風景を観ているのだ。きょうは咲之丞に会うのは無理だと思い、吉右衛門はその場を立ち去った。

二

昼間、栄次郎は紙問屋や仲買人などを訪ね、おみつの亭主の茂三のことをきいた。しかし、どこにも茂三のことを知っている者はいなかった。

夕方になって、浅草黒船町のお秋の家に行き、崎田孫兵衛がやって来るまで三味線の稽古をした。

暗くなって、孫兵衛がやって来た。栄次郎は階下に行き、孫兵衛にここまでわかったことを話した。

「惣兵衛とお蝶は本湊町の家で会っていましたが、お蝶は深川亀久町に住んでいたおみつという女と同一人物だと思われます。おみつは惣兵衛と会う日に、冬木町にある駕籠屋から駕籠に乗り、鉄砲洲稲荷まで出かけていました」

「亀久町に住んでいた女か」

「はい。さらに、このおみつには、紙の仲買人をしている茂三という亭主がいました」

「亭主持ちだと」

さらに孫兵衛の顔が歪んだ。

「はい。なぜ、亭主持ちの女が惣兵衛と深いつきあいになったのか、わかりません。それより、気になるのはおみつは薬を求めにわざわざ京橋の『旗野屋』まで行ったかです。そんな遠くに行かずとも、永代寺門前仲町にもいい薬種問屋はあります」

「うむ」

「それと、隣人の話ですからはっきりとは言いきれませんが、おみつには癪の持病があるようには思えなかったそうです」

「どういうことだ？」

孫兵衛は首をかしげ、

「つまり、必要ではない薬を買いに、遠く京橋の『旗野屋』まで出向いたというのか」

「そういうことになります」

「なぜだ」

孫兵衛は憤然とした。

「それから、亭主の茂三が三カ月前に商用で家を出たきり、戻ってこないうちにどこかに引っ越して行ったそうです」

「亭主が家を留守にしている間、おみつは惣兵衛と親しくなったというのだな。まさか、亭主が帰ってきて」

惣兵衛をなんとかしたのではないかと、孫兵衛は考えたようだが、それにしてはそんな騒ぎはなかったと、栄次郎は言った。

「本湊町でも亀久町の家でもひとが争ったような形跡はありませんでした。おそらく、惣兵衛は納得ずくで本湊町の家を引き払っています。ただ、その後に、茂三がおみつを探し出し、何かあったということは考えられます」

さらに、栄次郎は気になったことを口にした。

「茂三がほんとうに紙の仲買人だったのか疑わしいのです」

「どういうことだ?」

「はい。念のために、紙問屋や仲買人仲間にきいてみたのですが、茂三なる男を知りません。どうやら、紙の仲買人というのは嘘だったようです」

「そうか」

孫兵衛は腕組みをして、

「惣兵衛の相手の女はいろいろ問題を抱えていそうだな」

「ひとはそれぞれ深い事情を抱えているものでしょうが、少し謎が多すぎるような気がします」

「女と惣兵衛の行方はわかりそうもないか」

「残念ながら」

栄次郎は声を落としたが、

「明日から、少し茂三という亭主について調べてみようと思います。そこから、何か摑めるかもしれません」

「そうか。で、このことは旗野屋には？」

「いえ、まだです」

「では、栄次郎どのから話しておいてくれないか。途中経過でも、知りたいだろうから」

「今のことを正直にお話ししてよろしいのでしょうか」

「構わん。旗野屋もある程度、覚悟をしているようだからな」

惣兵衛はすでに死んでいる。そう、思っているらしい。だが、そこまで考えるのは、早計だ。

「わかりました。明日、『旗野屋』に行ってみます」

「うむ。頼んだ」

それから、いつものように、孫兵衛は酒を呑みはじめたが、栄次郎は惣兵衛の消息がつかめず気が重かった。


翌日、三味線の稽古に師匠の家に行った。来月の市村座があるなしに関わりなく、稽古は続く。

師匠の家の土間に草履がふたつ並んでいて、すぐ目の前の部屋では、大工の棟梁がひとり、稽古の順番を待っていた。

「失礼します」

栄次郎は棟梁の前に座った。稽古場から聞こえてくるのは近所の商家の旦那の声だ。

「栄次郎さん」

大工の棟梁が声をひそめた。

「なにかあったのですか」

意味ありげな棟梁の態度に、栄次郎は気になった。

「じつは、今、浜町堀近くにある普請場に行っているんですがね。きのうは建前だったんです」

棟梁が口を開く。

「そこに、高砂町にある酒屋の旦那が来ていて、あっしにこうきいたんですよ。棟梁は杵屋吉右衛門のところで稽古をしているそうですねって。そうだと言うと、宗家の吉寿師匠のところに変えないかって誘うんです。とんでもねえ、あっしは吉右衛門師匠の芸に惚れているんだからと答えたら、あそこは先がないからって言うんです」

「先がない？」

「ええ。ですから、あっしはどういうことかときいたら、あいまいに笑いながら、これからは吉寿師匠の天下ですよって言いやがった」

「弟子を引き抜こうなんて、ずいぶん乱暴な話ですね」

「ええ。吉右衛門師匠のほうがはるかに弟子が多いのでずいぶん妬んでいるようです。焦っているんでしょうね。声をかけているのはあっしだけじゃありません」

「えっ？」

「伊丹屋さんも誘われたようですよ」

伊丹屋は神田佐久間町にある古着屋で、吉右衛門の弟子だ。

「ここに来て、吉寿師匠のところが露骨に誘いはじめているんです」

棟梁が顔をしかめて、

「栄次郎さん。来月の市村座、うちの師匠が急に下ろされたというのはほんとうですか」

と、不安そうにきいた。

「確かに、来月の市村座はなくなりました」

「やっぱり……」

「やっぱりとは？」

「米屋の主人が言うんですよ。これから、吉右衛門師匠は舞台に立つ機会が減るはずだと。何を言いやがると怒鳴り返したら、来月の市村座はなくなったって言うんです。いい加減なことを言いやがってと腹が立ちました。でも、あんなに自信満々に言うので気になってましてね」

「そうですか。確かに、来月の市村座はなくなりました。代わりに、吉寿師匠のところの千之助さんが出演なさるようです」

「なぜ、なんですか」

「さあ、わけはきいていません」

「栄次郎さん。うちの師匠と大和屋さんの間で何かあったんじゃないですかねえ」

「大和屋さん？　そんなわけはないと思いますよ」

栄次郎は笑った。大和屋は吉右衛門師匠の芸を高く買っている。先代の師匠を超えたのではないかとも言っていたのだ。

「そうですね」

棟梁は深くため息をついた。

三味線の音が止んだ。

稽古を終えた商家の旦那が戻ってきた。

「おさき、失礼しました」

「では」

棟梁が立ち上がって、師匠の部屋に向かった。

商家の旦那は仕事があるといってすぐに引き上げた。

栄次郎はひとりになって、棟梁の言葉を思い出した。棟梁は気になることを言っていた。大和屋と吉右衛門師匠との間で何かあったのではないかと言った。

そんなわけはないと思うが、なぜ、そんな話が出てきたのかが気になった。

自分の番になり、棟梁と入れ代わり、栄次郎は師匠の前に赴き、見台の前に座った。

「師匠。ちょっとお訊ねしてよろしいでしょうか」

栄次郎は思い切って口にした。

「なんですか」

吉右衛門は静かに応じた。何か、体全体からはげしいものが発散されているような気がした。

「来月の市村座が吉寿師匠のところの千之助さんに代わったわけです」

「そのことですか」

吉右衛門は当惑ぎみな表情で、

「吉寿さんがいろいろ動いているようです」

「動く？」

「大和屋さんを抱き込み、一門の勢力拡大を図ろうとしているようです。その第一歩が、来月の市村座というわけです」

「第一歩？」

「正月恒例の大和屋さんの屋敷で行なわれる踊りの会の地方(じかた)も交替させられました」

「そうなんですか」

栄次郎は耳を疑った。大工の棟梁の話が俄かに真実味を帯びてきた。

「咲之丞さんはどう思っているんですか。師匠の唄でなくてもよいのでしょうか」

「芸人は後援者には弱いものです。大和屋と言えば、この世界の一番の後援者。誰も逆らうことは出来ません」

「では、これから大和屋は師匠を後援しなくなるというのですか」

「そうなるでしょう」

吉右衛門は口許に寂しそうな笑みを浮かべ、

「でも、私は負けません。大和屋さんがだめなら、新しい後援者を探すまで。弟子のみなさんにご心配させることはありません」

「何か、お心当たりが？」

栄次郎は身を乗り出す。

「そうですな」

吉右衛門は戸惑いと苦悶がないまぜになったような表情をして、

「ひとことで言えば、嫉妬です」

と、侮蔑するように吐き捨てた。吉右衛門がこれほど気持ちを露に示したことはかってなかった。よほど、悔しい思いをしたのだろうか。

だが、すぐ気を取り直して、

「でも、私は負けませんから。他のお弟子さんで不安がられたひとがいたらそう言って安心するように伝えてください」

と、いつもの顔つきに戻って言った。

棟梁から聞いた話をしようかと思ったが、自分が直に聞いた話ではないので口にしなかった。

その後の稽古でも、吉右衛門はまったく普段と変わりはなかった。この点はさすがだと思った。栄次郎は他の屈託があれば、三味線の音に表れてしまう。もっとも、そのことに気づく技量がまだ栄次郎にはないのかもしれなかった。


それから一刻（二時間）後、栄次郎は京橋にある『旗野屋』の客間で、旗野屋夫婦と向かい合っていた。

「お蝶という女子は、ほんとうはおみつという名で、深川亀久町に亭主の茂三と住んでいました。そこから、惣兵衛さんと会う日に駕籠で本湊町の家に通っていました」

旗野屋と内儀は苦い顔をして聞いている。

「亭主の茂三は三カ月前からどこかに出かけて家を空けていました。その間に、おみつはお蝶と名乗って惣兵衛さんと逢瀬を楽しんでいたようです」

「亭主はどこに行ったのですか」

旗野屋がきく。

「紙の仲買人だと言っていましたが、どうやら嘘のようです。茂三がどこで何をしていたのかわかりません」

「まさか、帰ってきた茂三に、父は……」

やはり、旗野屋もその危惧を感じ取ったようだ。

「いえ、茂三が帰ってきた気配がないのです。ですから、あくまでも、お蝶ことおみつと惣兵衛さんの事情で引っ越したとしか思えません」

栄次郎は困惑しているふたりに、

「惣兵衛さんは女のことは何も話していなかったのですか」

「ただ、可哀そうな女だと言っただけです」

「可哀そう？」

「女が父の同情を買おうとして作り話をしたのでしょう。父はそのことを真(ま)に受けて」

旗野屋が悔しそうに言う。

おみつと惣兵衛はたまたま出会って深い仲になったのか、それとも、おみつは何らかの魂胆があって惣兵衛に近付いたのか。

深川に住んでいるおみつがわざわざ京橋まで足を伸ばしたのが気になる。なんらかの目論見(もくろみ)があって、『旗野屋』に出向いたのだとしたら……。

「その後、何かお店に変わったことはありませんか」

「変わったこと?」

内儀が薄気味悪そうにきき返す。

「ふだんと違うことです。なんでも……。たとえば、見知らぬ人間が訪ねてきたり、薬を買った客から苦情がきたり……」

栄次郎は適当なことを口にした。

「おまえさん、あのことは」

内儀が旗野屋を見た。

「何かありましたか」

「ええ、関わりがあるかどうかわかりませんが、尋ね人がいるのではないか、探してしんぜると言って、最近、何度か行者(ぎょうじゃ)がやって来ました」

「何度かというのは、同じ行者ですか」

「そうです。羽黒山で修行をしてきたという四十ぐらいの男です」

「なぜ、行方のわからない者がいるとわかったのでしょうか」

栄次郎は疑問をなげかけた。

「やはり、こういうことは世間に知れてしまうようで。出入りの八百屋や酒屋などが奉公人の噂話を聞きつけて、外で漏らしたのではないでしょうか」

「その行者はなんという名ですか」

「確か、辰之坊とか」

「何か気になるようなことを話していませんでしたか」

「池のそばにいると言っていました。いい加減な御祓いをして、金をせしめようとしているのだと思います」

「池のそばですか」

「矢内さま」

旗野屋が深刻そうな顔を向けた。

「正直申しまして、父はとっくに亡くなっていると覚悟を固めています」

横で内儀も頷いた。

「消息を断ってからひと月。無事でいるなら、何か便りぐらい寄越すはずだ。何もないのですから、もうこの世の人間では……」

　旗野屋は声を詰まらせた。

「もし、亡骸(なきがら)がどこかで野ざらしになっているとしたら可哀そうでなりません。早く、供養してやりたいと思います」

「旗野屋さん。まだ、そうと決めつけるのは早いと思います」

「でも、父よりも三十も若い女が本気で父と暮らしをともにしているとは思えません。ましてや、ご亭主がいる身。女の狙いは父のお金だと思います。その金さえ奪えば、父にはもう用はないはずです」

　旗野屋は無念そうに言う。

「しかし、亭主の茂三は何をしているかわからない男です。おみつは茂三から別れようとして惣兵衛さんを頼ったのかもしれません。茂三から身を隠しているために、連絡をとれないのかもしれません」

「そうでしょうか」

「さっきの行者は茂三の仲間で、おみつを見つけ出すために、惣兵衛さんから連絡が入ってないかを確かめるためにここにやって来たとも考えられます」

栄次郎は諭すように、

「まだ、望みを捨ててはなりません」

と、付け加えた。

「はい」

「では、また何かわかりましたら、お知らせにあがります」

栄次郎は立ち上がった。

「あっ、これを」

懐紙に包んだものを差し出した。

「これは？」

「お礼でございます」

「いえ。そのようなご心配はなさらないでください」

「でも」

「では、引き続き、調べを続けます」

栄次郎は部屋を出て行った。

栄次郎は京橋から永代橋を渡り、深川にやって来た。

亀久町の自身番に寄り、また詰めている家主に茂三のことを訊ねた。

「おみつさんのご亭主の茂三さんは紙の仲買人だということでしたね」

「そうです。現地まで買いつけに行くために家を留守にすることが多いということでした」

「ところが、紙問屋や仲買人にきいても、茂三という仲買人を知らないと言うんです」

「知らない？」

家主は不思議そうな顔をした。

「どうやら仲買人というのは嘘のようです。それで、茂三さんがどんなひとか気になりましてね」

「嘘ですか」

家主は渋い顔をした。

「何か心当たりでも？」

「そのことと関わりがあるかどうかわかりませんが、仲買人仲間がときたま茂三の家に集まっているそうです。ところが、その仲間はどうみても堅気（かたぎ）ではないようでした。その後、茂三に会ったときにきいたら、うちに来るときは、みな砕けた格好で来るのでそう見えるのでしょうと平然と言ってました。でも、茂三はやくざな人間とつきあいがあったようです」

「家に集まってくる仲間はわかりませんか」

「わかりません」

「やはり、茂三の素性は謎ですね」

「そのようですね」

　家主は不快そうな顔をした。

「茂三のことをよく知る人間を知りませんか」

「さあ。ただ、岩吉という彫物師が茂三と賭場で何度か会ったと言ってました。岩吉なら何かを知っているかもしれません」

「岩吉はどこに住んでいるのですか」

「近くの太郎兵衛店です。家で仕事をしていますからいるはずです」

「わかりました」

　礼を言って、栄次郎は自身番を出た。

　太郎兵衛店はすぐわかり、長屋木戸を入る。物干し竿に洗濯物がはためいているが、路地に人影はなかった。

左右を見て歩いて、簪（かんざし）の絵が描かれている腰高障子を見つけた。

栄次郎は戸を開けて、奥に向かって声をかけた。

天窓からの明かりを受けるように上がり框（かまち）の近くに置いた文机（ふづくえ）に向かって痩せた男が鑿（のみ）を使っていた。

土間に入っても、男は鑿を使い続けている。没頭しているので、栄次郎は黙って待った。

しばらく経って、男は顔を上げた。

「何か」

四角い顔の男だ。

「岩吉さんですか」

「そうですが」

「お仕事の邪魔をしてすみません。茂三さんのことで訊ねたいことがありまして」

栄次郎は切り出す。

「茂三？」

「紙の仲買人の茂三です。あなたが、賭場で何度か出会ったと伺いました」

「ああ、あの男ですか」

岩吉は微かに眉を寄せた。

「確かに賭場で何度か顔を合わせたことがあります。まあ、あまり関わりたくない男でしたね」

「関わりたくないとは？」

「いつも冷たい目をしている男でね。盆茣蓙の前に座っていても、絶対に気持ちを顔に出さねえ。勝とうが負けようが、表情が変わらねえ。肝が据わっているんでしょうね、いつも冷静でした」

「では、あまり、茂三とは親しくはなかった？」

「ええ、近所に住んでいるんで、賭場で会ったら言葉はかわしますが、それだけです」

「茂三さんと仲が良かった男を知りませんか」

「賭場でも、誰とも話しませんでしたぜ。博打を楽しんで、勝とうが負けようがだら長居をせずにさっさと引き上げる。それだけでした」

「おかみさんのおみつさんを知ってますか」

「ええ、会えば挨拶する程度です。きれいな女ですが、いつも寂しそうでしたね。それがたまらなく色っぽくて……。どうして、あんな女が茂三のような男とくっついているのか。不思議でなりませんでしたよ」

「おみつさんは引っ越して行きましたね」

「そうですってね。どこに行ったんでしょうか」

岩吉は目を細めた。

「茂三は三カ月前に遠くに出かけていますが、どこに行ったのか知りませんよね」

「知りません。そういえば、その頃から賭場にも現れていませんね」

何か手掛かりが摑めるかと思ったが、岩吉は茂三のことをあまり知らなさそうだった。礼を言って引き上げようとしたとき、

「そういえば」

と、岩吉が何かを思い出した。

栄次郎は岩吉の四角い顔を見た。

「客の誰かが、先日、倉賀野で八州廻りの捕物があって大泥棒の親分が役人に殺されたそうだと言ったとき、茂三の形相が変わったんです。怖いくらいな顔つきになった。普段は表情を変えることはないのに……」

「大泥棒の親分とは誰なんですか」

「草津の丹治って名だそうです。なんでも、関八州をまたにかけて盗みを働いていた

盗っ人の親玉だそうですぜ」

「草津の丹治……」

「もっとも、顔色を変えたのは一瞬でしたがね。でも、ちょっと驚いた気がします。そういえば、それからしばらくして、茂三はいなくなったようです」

関わりがあるかどうか、一応調べてみようと、栄次郎は思った。

三

吉右衛門は、日本橋葺屋町の市村咲之丞の家に来ていた。

客間で待たされた。稽古中だということだが、稽古場から三味線の音は聞こえてこない。ひとりで、口三味線での稽古か。それとも、会いたくないので、時間を引き延ばしているのか。

弟子が茶を置いて去って四半刻（三十分）後に、ようやく廊下に足音がした。

障子が開いて、咲之丞が入って来た。

「お待たせしました」

咲之丞が腰を下ろし、差し向かいになった。前回以上に小じわが目立ち、顔色も悪い。咲之丞も悩んでいるのだと察した。

「一昨日、お邪魔しましたら、吉寿さんに千之助、それに大和屋さんまでいらっしゃったので、諦めて引き上げました」

吉右衛門は咲之丞の顔色を窺うように、

「いかがでしたか。宗家の吉寿さんに千之助の唄と三味線では、さぞかし咲之丞さんも満足な踊りが出来たことでしょうね」

と、少し皮肉っぽくいう。

「ご覧になっていたのですか」

「はい。窓から覗かせていただきました。あと、何度も稽古を重ねれば、さらによくなっていくことでしょう」

自分の思いとは逆なことを言う。あの唄と三味線では微妙な表現が出来ず、咲之丞のよさを引き出せない。

もっとも素人の目にはわからないことだ。だが、大和屋は見抜いたはずだ。それでも、吉寿のほうに肩入れをするつもりなのか。

「吉右衛門さん。あなたの目には……。いや、やめましょう」

咲之丞は諦めたように言う。

「咲之丞さん。ふたりきりです。ざっくばらんにお話ししませんか。ここで、あなたから聞いたことを他で吹聴しません。ましてや、大和屋さんにも言いません」

「…………」

「いかがですか」

「わかりました」

咲之丞は意を決したように深く息を吸い込んで大きく吐いた。

「私は一昨日の稽古を見て、あの唄と三味線では咲之丞さんの踊りが死んでしまう。そんな危惧を覚えました」

「仰るとおりです」

咲之丞は心の思いを吐き出すように口にした。

「うまく乗れません。あのふたりは、自分たちだけの世界を作り出している。唄、三味線、踊りが一体とならねばならないのに、残念ながらそれがありません」

「大和屋さんは？」

「ただ、結構だと」

「結構？　お墨付きを与えたということですか」

「さあ、そこまで強いものではないようですが、このまま行くということでしょう」

「大和屋さんほどのお方が何も気づかないはずはない。欠点には目を瞑るということですか」

　吉右衛門は呆れて言う。

「そうです」

「では、今後も、咲之丞さんの地方は吉寿と千之助が務めることに？」

「そうなるかと思います」

「咲之丞さんは、それでいいんですか」

「仕方ありません。大和屋さんがそう決めたのですから」

「なぜ、異を唱えなかったのですか」

「唱えました。でも、大和屋さんは、地方は吉寿と千之助で行くとの一点張り。聞く耳をもちませんでした」

「なぜ、大和屋さんは吉寿にそれほど肩入れをするのでしょうか。あまりにも、異常に思えませんか」

「ええ、ここに来て急ですから、私もどうなっているのかわかりません」

「先代の吉寿師匠とはずっと後援をしてこられた。それを、今の吉寿になってからは少し遠ざかった。それは、芸を認めなかったからです。でも、それは大和屋さんの親心だったと思います。芸を磨けという忠告です」

その間、大和屋は吉右衛門の後援をした。先代を超えたかもしれない技量に惚れてくれたからだ。

「大和屋さんは吉寿の腕を認めるようになれば、再び後援をはじめるつもりだったことは、私にもわかります。では、吉寿が研鑽(けんさん)を積んで、芸が高みに上がったのか。私にはまだ、そこまでいっているとは思えません」

「私もそうです。でも、大和屋さんは認めるようになったのかもしれません」

「ほんとうに、そう思いますか」

吉右衛門は念を押してきく。

「そうと考えるしか……」

咲之丞は考え込む。

「咲之丞さん。このまま、来月の市村座を迎えるのですか」

一拍の間があってから、

「仕方ありません」

と、咲之丞は悔しそうに答える。

「ふたりで大和屋さんと話し合いませんか。なんとか、思い止まっていただこうではありませんか」

「吉右衛門さん。無理です」

「無理？」

吉右衛門は身を乗り出して、

「どうして無理なんですか。咲之丞さんの踊りの評判にも関わることではありませんか」

と、問い詰めるようにきく。

「じつは、大和屋さんから釘を刺されているんです。吉右衛門さんがいろいろ言ってくるかもしれないが無視しろと」

「大和屋さんが……」

「もし、吉右衛門さんとつるみたければ、私との縁を切ってからにしてもらいたいと言われました」

「なんですって」

吉右衛門は耳を疑った。

「市村座、森田座の帳元に、咲之丞が出るなら金主を下りると告げると脅されました」

　帳元とは、座元の代理を務め、興行を打つ責任者である。金主から出してもらった金で、人気役者を集めて芝居を成功させる。

　金主から金を出してもらえなければ帳元として失格である。だから、帳元は金主には逆らえない。

「大和屋さんに楯突くことは出来ません。どうか、わかってください」

「しかし、このままではいい芸が……」

「いえ、それは努力でなんとかなります。でも、芝居の声がかけられなかったらおしまいです」

「………」

　吉右衛門は返す言葉がなかった。

「今回のことで私は大和屋さんの力の大きさを思い知らされました。芝居の金主になっている大店にも、大和屋さんは顔がきく。大和屋さんに睨まれたら、どの帳元も芝居を打てません」

「すべて金ですか」

　吉右衛門は忌ま忌ましげに言う。

「残念ながら、金こそ力です」

咲之丞は自嘲ぎみに応じ、

「吉右衛門さん」

と、厳しい表情を向けてきいた。

「大和屋さんと何かあったのですか」

「いえ、なにも」

「大和屋さんは吉右衛門さんを排除しようとしています。よほど何かあったのではないかと思ったのですが……」

咲之丞は前のめりになって、

「ご自分で気づかないところで、大和屋さんの機嫌をそこねるようなことがあったのでありませんか」

「まったく、心当たりはありません。あるとすれば、吉寿のほうです。私のほうが宗家より大きくなったことを面白く思っていないようでした。おそらく、吉寿が大和屋に泣きついたのではないかと想像しています」

「吉寿さんですか」

咲之丞は侮蔑するように、

「よほど、うまく大和屋さんに取り入ったようですね」

と、呟く。

咲之丞は吉右衛門に同情しても、力になってくれそうになかった。

「お邪魔しました」

吉右衛門は挨拶をして立ち上がった。

「これから、どうなさりますか」

咲之丞がきいた。

「帳元に会ってきます」

「無理だと思います。私以上に、帳元にとっては金主がだいじですから」

それには答えず、

「失礼します」

と言い、吉右衛門は客間を出た。

陽射しが眩しく、思わず手で目を覆った。何か足元が崩れていくような不安に襲われ、おそるおそる咲之丞の家から離れた。

帳元のところに向かいながら、咲之丞の言葉を思い出していた。

「大和屋さんは吉右衛門さんを排除しようとしています。よほど何かあったのではないかと思ったのですが……」

大和屋が帳元のほうまで手をまわしているとなると、事態は吉右衛門が考える以上に深刻だ。

それから半刻（一時間）後、吉右衛門はとぼとぼと浜町堀までやって来た。

帳元に会ったとき、すでに大和屋から吉右衛門に代わって吉寿を使うようにとの要望があったと告げられた。

しばらく、どの帳元も吉右衛門を使うことはないとはっきり告げられた。

市村座だけでなく、森田座や中村座も営業の面で苦しい状況が続いている。座元に代わって一切を取り仕切る帳元が金を調達するためには金主の顔色を窺わなければならないのだ。その中で最大の金主である大和屋の意向は三座にも及ぶ。

今後、吉右衛門は市村座だけでなく、森田座や中村座からも締め出されることになりそうだ。いや、現にそう他の帳元からも言われたのだ。

大和屋は宗家杵屋吉寿の一門を先代のときのように盛んにしたいと後援している。そのためには宗家以上に大きくなった傍流の吉右衛門が目の上のたんこぶなのだ。

大和屋と吉寿が結びついている限り、この先、吉右衛門には表舞台に出る機会はないと言っていい。

しばらく堀のそばに佇んでから、再び歩きだす。辺りは薄暗くなっていた。

浅草御門をくぐったあと、気がつくと柳橋に向かっていた。

おはまの家の前に立った。予定にはなかったので、おはまがいるかどうか不安だったが、思い切って格子戸を開けた。

奥に声をかけると、おはまが小走りに出て来た。

「やっぱり、そうだったわ。声を聞いて、すぐわかりました」

おはまはうれしそうに言う。

「すまない。いきなり」

「さあ、上がってくださいな」

吉右衛門は茶の間に行った。

脱いだ羽織を手にして、

「吉右衛門さん。お顔の色が優れませぬが」

と、おはまが心配して声をかけた。

「まさか、このようなことになろうとは……」

吉右衛門はつい愚痴をこぼした。

「何かあったのですね」

「あっ、すまない」

　吉右衛門はあわてて言う。

「ごめんなさい。何も力になれなくて」

　おはまが沈んだ声で詫びる。

「何を言うんだ。おはまがいなかったら、私はどうなっていたか。おまえさんがいてくれたから、私はなんとか気持ちを保っていられるのだ」

　吉右衛門はおはまの肩を抱き寄せて言う。

「そう仰っていただけると、うれしい」

　おはまは吉右衛門の胸の中で、

「でも、このままでいいわけはないんでしょう。どうしたら、今の困難を乗り越えられるのですか」

「この前は、私は闘うと息巻いた。しかし、相手は巨大だ。私はとうてい太刀打ち出来ない」

　吉右衛門は弱音を吐いた。

「闘わないといけないのですか」

　おはまが真剣な眼差しできく。

「表舞台に立てなくなる」

「立てなくてはだめなんですか。もっと楽に生きられないのですか」

「楽にか……」

「ええ、地位とか体面にこだわらず、私といっしょに」

「そうだな。それもいいかもしれない」

　表舞台に立てなければ、やめて行く弟子も増え、新たに弟子になろうとする者も少なくなるかもしれない。

　だが、おはまといっしょに町の師匠として細々と教えて行く。それも、いいかもしれない。

　その後、おはまと激しいひとときを過ごしたあと、吉右衛門は不思議なことにまたも闘志がわき上がってきた。

　負けてなるものか。まだ、負けたと決まったわけではない。吉右衛門はそう自分に言い聞かせた。

四

翌日は稽古日で、栄次郎は吉右衛門の家にいつもより早く行った。このあと、深川で茂三の探索をするつもりだった。

栄次郎が一番で、吉右衛門はすぐに稽古をはじめてくれた。

見台の前に座る。

「よろしくお願いいたします」

栄次郎は挨拶をして顔を上げたとき、おやっと思った。吉右衛門の目付きが厳しい。表情にも何か激しいものが窺えた。

いつもの穏やかな師匠ではない。

「師匠。その後、何かわかりましたか」

市村座の件、それに大工の棟梁が吉寿師匠のところに誘われた件を思い出し、そのことが吉右衛門を苦しめているのは明白だ。

「いえ、まだです。そのことは私にお任せください。吉栄さんは気を煩(わずら)わすことはありません」

「大和屋さんはなんと？」

栄次郎はなおもきいた。

「吉栄さん。さあ、お稽古をはじめましょう」

吉右衛門は話を打ち切り、三味線を構えた。栄次郎も三味線を持った。

だが、栄次郎は稽古に身が入らなかった。さすが、吉右衛門は厳しい表情をしていても、三味線の音締めは冴えて、美しかった。

栄次郎は心の迷いが音色に出てしまうが、吉右衛門にはそういうことはなかった。だが、その表情には苦痛と闘っていることが見て取れた。

稽古が終わったあと、吉右衛門は微かに吐息をついた。

「師匠」

思わず、栄次郎はもう一度きいた。

「やはり、師匠は屈託を抱えていらっしゃいます。大和屋さんとのことで、何かあったのではございませんか」

「心配かけて申し訳ありません」

居住まいを正し、吉右衛門は下げた頭をすぐ上げ、

「もうしばらくしたら、すべてお話し出来ると思います。それまで、お待ちくださ

い」

と、訴えた。

「やはり、何かあったのですね」

栄次郎は心を痛めたが、それ以上、訊ねるわけにはいかなかった。

「わかりました。どうもありがとうございました」

稽古をつけてもらった礼を言い、栄次郎は下がった。

隣りの部屋には三人ほど、弟子が待っていた。

栄次郎は三人に辞儀をして家を出た。

吉右衛門の暗い顔が脳裏から離れない。蔵前の通りに出てから、栄次郎は森田町の『大和屋』に足を向けようか迷った。

師匠に内緒で勝手な真似は出来ないと思い、『大和屋』に行くのを諦め、浅草御門のほうに急いだ。

背後から駕籠が近付いてきた。浅草橋の袂で駕籠が追い抜いた。だが、少し行った先で駕籠が止まった。

栄次郎が駕籠の脇をすり抜けようとしたとき、

「吉栄さん」

と、駕籠のひとが呼んだ。

あっと思ったのは大和屋だったからだ。

「大和屋さん」

栄次郎はそばに行く。

「吉栄さん。あなたにお話があるのです。もし、よろしければ、これから少しおつきあいを願えませんか」

「はい」

栄次郎もききたいことがあったのでもっけの幸いだった。

駕籠は茅町（かやちょう）一丁目のほうに引き返し、蕎麦屋の前で停まった。栄次郎は駕籠の傍らに立って、大和屋が下りてくるのを待った。

大和屋とともに蕎麦屋に入り、ふたりは小上がりの座敷に上がった。

「お酒を。つまみは適当に」

やって来た亭主に、大和屋が言う。

「へい」

亭主が下がってから、

「吉栄さん。じつは、大事なお話があるのですが」

と、口を開いた。

「はい」

まず、栄次郎は大和屋の話を聞こうとした。

「吉栄さんは、これから本格的に三味線弾きとして身を立てていきたいと思っていなさるんですね」

「はい。そのつもりです」

「私も、吉栄さんの腕を感心してみてました。今後、これまで以上に援助をしていきたいと思っております」

「はあ、ありがとうございます」

栄次郎は用心深く応じる。かつて、大和屋が栄次郎にこのような話をしたことがなかったからだ。

亭主が酒とつまみを運んできた。

「さあ、どうぞ」

大和屋が銚子を持った。

栄次郎は猪口を差し出す。大和屋は栄次郎から自分の猪口にも酒を注ぎ、

「唄と三味線の世界をさらに育てていくには、やはり宗家の杵屋吉寿を中心にまわっ

ていかなねばならないと、私は思うのです」

と言い、猪口を口に運んだ。

「…………」

栄次郎は猪口を持ったまま顔をしかめた。吉寿の話を出してきて、大和屋の言いたいことがわかった。栄次郎は不快な思いが顔に出ないように努めた。

「それで、吉栄さんにお話というのは、吉栄さんに吉寿さんの門下にお入りいただき、吉寿さんを支えてあげていただけないかと」

栄次郎はまだ口をつけていない猪口を戻し、

「お言葉でございますが、私の師は吉右衛門師匠しかおりません。吉寿師匠がどうのこうのではなく、私はあくまでも……」

「まあまあ」

大和屋は手で仰ぐようにして制し、

「吉栄さんのお気持ちはよくわかります。師弟の血は親兄弟の血よりも濃いと申します。ですが、そのために、あたら吉栄さんの芸が切り捨てられていくかと思うと、やりきれないのです」

「どういうことでございましょうか」

栄次郎はきき返す。

「まあ、どうぞ、お呑みください」

大和屋は銚子をつまんで言う。

栄次郎は猪口を口に運んだ。大和屋は空になった猪口に酒を注ぐ。

「吉栄さん」

大和屋は重々しく口を開いた。

「これからの歌舞伎舞踊は吉寿の地方を中心にまわっていき、吉右衛門の出番はなくなる。そうなれば、吉栄さんの活躍の場もなくなるということです」

「どうしてですか」

栄次郎は大和屋を鋭く睨みつけ、

「なぜ、吉右衛門師匠の出番がなくなるのですか。唄、三味線とも吉右衛門師匠が第一人者ではありませんか。その師匠がどうして出番がなくなるのですか」

大和屋は冷笑を浮かべ、

「これからの時代は吉寿が舵取りをすることが、一番いいことだからですよ」

「なぜ、ですか」

「宗家の力です」

「もっとも重要なのは、芸ではありませんか。この際ですから、お訊ねしますが、来月の市村座。どうして、吉右衛門師匠から吉寿師匠に変わったのでしょうか」

「さらなる歌舞伎舞踊の躍進を目指すためです」

「歌舞伎舞踊は清元、河東節など他にもあります」

「長唄が主でしょう」

「吉寿師匠のほうが躍進を目指せるという根拠は？」

「いろいろあります」

「それをお聞かせください」

「いちいち説明する必要はありません」

「では、吉寿師匠のほうが歌舞伎舞踊の躍進を果たせると、他の方々の意見でもあるのですか」

「そうです」

「その方々のお名前をお聞かせください」

「言う必要はありません」

「大和屋さんが吉寿師匠に肩入れをしているように思いますが」

「私は歌舞伎舞踊がますます栄えていくためには何をすべきかを考え、吉寿を中心に動くことこそ大事であると思ったのです」

「なぜ、力も功績もある吉右衛門師匠ではなく、吉寿師匠なのですか。今や吉右衛門師匠が大家としての評判が一番高いはずです。その師匠を差し置いて……」

「お待ちください」

大和屋は栄次郎の言葉を制し、

「吉寿は吉右衛門の師匠筋ではありませんか。師匠筋に当たる者が中心となってことに当たろうとするのを、なぜ、非難なされますか」

「師匠筋に当たると仰いますが、吉右衛門師匠の師は先代の吉寿師匠です。今の吉寿師匠は吉右衛門師匠の弟弟子ではありませんか」

「しかし、代を継いでおります。これからは、吉寿を中心にしていくよう、私が関係者に働きかけるつもりです」

「なぜですか。なぜ、今になって吉寿師匠のことを？　今までは大和屋さんは吉右衛門師匠を支えてくれていたではありませんか」

栄次郎はぐいと前のめりになって、

「大和屋さんと吉右衛門師匠との間で何かあったのでしょうか」

「何もありません」

「では、吉寿師匠との」

「吉栄さん。邪推はやめていただけませんか。何度も申していますように、私は歌舞伎舞踊がますます栄えるためにはどうあるべきかと考えてのことです」

「なぜ、大和屋さんが……」

「私はあなたとその話をするために来ていただいたのではありません。吉寿の門下に入られてはいかがかとお勧めしに来ただけです」

「その件ならきっぱりとお断りいたします」

「そうですか。残念です。話は終わりました。ご亭主」

大和屋は亭主を呼んだ。

「大和屋さん。まだ、おききしたいことが」

「私にはありません」

大和屋は冷たく言い放ち、やって来た亭主に勘定を支払い、先に出て行った。

栄次郎は重たい気持ちで蕎麦屋を出た。

大和屋は関係する人間に働きかけ、自分の思いどおりにしようとしているのに違いない。大和屋と吉寿は何かある。何がこうまで、このふたりを結びつけているのか。

そこに尋常ならざるものがあるように感じられた。このことを調べなければならない。栄次郎はそう思い、明神下（みょうじんした）にある新八（しんぱち）の長屋に向かった。
新八は留守だった。

それから、栄次郎は深川に行き、茂三の探索をしたが、手掛かりは得られなかった。茂三の近所での聞き込みでは、茂三はいつも口を真一文字に結び、ひとを寄せつけないような雰囲気だったが、数人の遊び人ふうの男たちが家に出入りをしていたという。

ときたま、半月近く家を留守にすることがあった。三カ月ほど前から、姿を見なくなったという。

その夜、栄次郎はお秋の家で、崎田孫兵衛と会っていた。

「草津の丹治だと？」

孫兵衛は猪口を持ったまま、

「まさか、茂三は丹治と関わりがあったのか」

孫兵衛が逆に口をきいた。

「わかりません。丹治についてわかっていることを教えていただけますか」

栄次郎は孫兵衛に調べてもらうつもりできいたのだが、孫兵衛はあっさり口を開いた。

「丹治は上州(じょうしゅう)を中心に豪商や豪農の屋敷に押し込んで金を強奪していた一味の頭(かしら)だ。子分が五人いた。数年前から暗躍していたが、代官所は常に後手後手にまわっていた」

孫兵衛は続ける。

「その後の調べで、一味は江戸に住み、押込みをやるときだけ上州に出かけているらしいとわかった。だから、奉行所でも一味の探索を続けていた。ところが四カ月近く前に、一味の上州の起点としている隠れ家が倉賀野にあることを八州廻りがつきとめたのだ」

「どうしてわかったのですか」

「押込まれた商家の生き残りの手代が倉賀野の商家に奉公替えをした。その手代が偶然に、倉賀野宿で一味の男を見つけ、あとをつけて隠れ家を見つけた。手代は一味のひとりの顔を覚えていたのだ。ちょうど巡回でやって来ていた八州廻りに訴えたというわけだ。八州廻りが隠れ家を急襲したとき、草津の丹治は激しく抵抗し、ついに斬り殺されたと聞いている。そのとき捕まった子分は三人だけだった」

「残りの子分は？」

「その後、ふたり捕まり、全員捕まったはずだ」

「もうひとり、いたということはありませんか」

「子分は五人だということになっていたが……」

「じつは、もうひとり、茂三が子分だったということはあるでしょうか」

「…………」

「茂三の家にときたま出入りをしていた遊び人風の男というのは仲間だったのでは？全員捕まえたと思っているから、八州廻りは捕まえた人間にもうひとりの子分の行方を問い詰めなかっただけでは？」

「うむ。茂三が丹治の手下だとしたら」

孫兵衛は深刻そうな顔をし、

「茂三は賭場で丹治が殺されたと聞いて、確かめるために倉賀野に出た。しかし、そのまま帰ってこなかったのは……」

「丹治はいずれ深川の家に役人がやって来ると警戒し、家に寄りつかなかったのでは？」

「当然、おみつは茂三が盗っ人の仲間だということを知っていたことになるな」

「はい」

「そんな女といっしょなら、惣兵衛は……」

孫兵衛は表情を曇らせ、

「茂三と逃げるために、おみつは惣兵衛を利用していたのかもしれない。そうだとしたら、もはや惣兵衛は生きてはおらぬだろうな」

「まだ、そうだと決まったわけではありません。崎田さま」

栄次郎は声をかけ、

「茂三が草津の丹治の子分かどうか、捕らえた子分から聞き出してもらえるように八州廻りの御代官手付どのに確かめていただけませぬか」

「わかった。そうしよう」

孫兵衛はため息をつき、

「惣兵衛とおみつの行方を気にしていたが、茂三も姿を晦ましている。やはり、惣兵衛は……」

またも、孫兵衛は悲観した。

茂三が深川から逃げたのは捕まった仲間から隠れ家がわかってしまうと思ったからであろう。当然、おみつもいっしょだ。孫兵衛が考えるように、惣兵衛はその逃亡の手助けをさせられたのだろうか。

しかし、おみつはなぜ、惣兵衛を利用しようとしたのか。最初から、そのつもりで、京橋の『旗野屋』に行ったのか。

いずれにしろ、惣兵衛の行方を知っているのはおみつと茂三だ。ふたりのことをもっと調べねばならない。

だが、栄次郎はもうひとつ大きな問題を抱えていた。大和屋と杵屋吉寿のことだ。ふたりは何かのことで強く結びついている。大和屋が強引な手段にて吉右衛門を排除しようとしているのは、すべて吉寿のためだ。

芝居小屋にとって最大の金主であり、役者などにとってももっとも大事な後援者である大和屋には誰も楯突(たてつ)けないのだ。

このままでは吉右衛門は活躍の場をどんどん奪われて行く。なんとかしなければならないと、栄次郎は焦った。


お秋の家を出てから、栄次郎は三味線堀の脇を通り、御徒町(おかちまち)を突き抜けて、明神下にやって来た。

新八の住まいの前に立つと、厠(かわや)のほうから新八が戻ってきた。

「栄次郎さん」

気づいて、新八は足早に近付いてきた。

「すみません。夜分に」

「いえ。お入りになりますか、それとも」

大事な話なら外のほうがいいと、新八は言っているのだ。

「外で」

「わかりました」

新八はそのまま長屋木戸に向かった。

神田明神の境内に入り、人気のないほうに向かった。

「今、吉右衛門師匠が窮地に追い込まれていることをご存じですか」

栄次郎は切り出す。

「師匠が？」

新八は以前は吉右衛門に弟子入りをしていた。その際、相模の大金持ちの子で、江戸に浄瑠璃を習いに来ていると言っていたが、実際は豪商の屋敷や大名屋敷、富裕な旗本屋敷を専門に狙う盗人だった。

だが、新八の正体がばれる事態になった。ある旗本屋敷に忍び込んだとき、旗本の当主が女中を手込めにしようとしているのを天井裏から見て、義侠心から女を助けた。

そのことで、足がついてしまったのだ。

盗っ人であることがばれて八丁堀から追われる身になったのを、御徒目付の兄が自分の手下にして助けたという経緯があった。

「ええ。まず、来月の市村座からはじまり、いくつかの興行から締め出しをくらっています。そのことで動いているのが大和屋です」

栄次郎は経緯を話した。

「つまり、大和屋がこれからは吉寿師匠を推（お）そうとし、邪魔な吉右衛門師匠を取り除こうとしているのです」

「なんとひどい。大和屋はなんでそんなに吉寿師匠に肩入れしているんですかえ」

新八も憤慨した。

「わかりません。ふたりは何かで結びついているのです。新八さん、そのことを調べてくれませんか」

「わかりました。幸い、今は栄之進さまからの依頼はありませんので、喜んでやらせていただきます」

「お願いします。さすがの吉右衛門師匠も、だいぶ堪（こた）えているようです」

「そうでしょうね」

拝殿に向かって商家の内儀ふうの女が歩いて行く。夜でも、お参りにくる人間がたまにいた。

「栄次郎さん。あっしたちも、吉右衛門師匠のためにお願いしていきましょうか」

「ええ」

栄次郎は新八とともに拝殿に向かって手を合わせた。

吉右衛門のために手を合わせながら、栄次郎にはもうひとつの惣兵衛の探索の件を抱えていた。

どうか、無事に解決出来ますようにと、栄次郎は手を合わせた。

五

吉右衛門は思わず耳を疑った。

「今、なんと仰ったのですか」

向かいにいるのは、弟子の久太郎（きゅうたろう）という商家の跡継ぎである。二十三歳。入門して三年。筋がよく、一生懸命に稽古にも励んでいる男だった。

今朝早くやって来て、弟子を辞めたいと言い出した。わけを訊ねても、目をそらし、そわそわしているので、なおも問い質すと、久太郎はとんでもないことを言い出した。

「はい。大和屋さんから吉寿師匠に鞍替えするように言われまして」

汗をかきながら、久太郎はもう一度言った。

一瞬目が眩んだ。大和屋はそこまで手を伸ばしているという衝撃であり、その誘いに自分の弟子があっさり乗ったことに息が詰まりそうになった。

「大和屋さんは何と言ったんだね」

気を落ち着かせて、吉右衛門はきく。

「それは……」

「いいから、遠慮しないで言っておくれ。そのほうが、私もすっきりする」

「はい」

久太郎はぐずぐずしていたが、やっと顔を上げ、

「これから、地方(じかた)として舞台に出るのは吉寿門下が主になり、吉右衛門師匠はもう出番はなくなるだろうって」

「…………」

怒りをぐっと抑える。

「おまえさんも、舞台に出たいのなら今のうちに吉寿のほうに鞍替えしたほうがいい

と、仰いました。そして……」

　言いよどんだ。

「そして、なんですか」

「他にも、鞍替えすることにした弟子が何人かいると」

「なに？」

　吉右衛門は怒りで手の指先まで震えた。

「誰と誰ですか」

「いえ、名前までは聞いていません」

「そうですか」

「師匠。お世話になっておきながら、勝手な真似をして申し訳ございません。大和屋さんの誘いを無下にすることが出来ず、それに、私もいつか地方として舞台に……」

　久太郎の言葉が耳に入らなかった。

　ここまで大和屋が仕掛けてくるとは想像もしていなかった。おそらく、すでに主立った弟子にも声をかけているに違いない。

「師弟の血は親子の血より濃いと言うそうですが、吉寿師匠は吉右衛門師匠の師匠筋に当たるので、師を替えても問題はないそうです」

久太郎はなおも言い訳を述べている。

「わかりました。あなたの決心が固いのであれば仕方ありません。最後に、あなたはこのことをうちのお弟子さんの誰かに相談したのですか」

「しました」

「誰ですか」

「ご勘弁ください」

「えっ？」

耳を疑った。

「どうしてですか。まさか、その弟子も……」

すでに大和屋からの誘いがかかっていたのに違いない。そして、その弟子も移るつもりになっているのだろう。

吉右衛門はすっかり打ちのめされたようになった。

「お話はわかりました。吉寿さんのところで、稽古に励んでください」

「では、お許し、いただけるのでしょうか」

「あなたのお気持ちがそれで決まっているなら仕方ありません」

許さないと言っても、久太郎は吉寿のところに移る気になっている。喧嘩別れになれば、あとあとお互いに不幸だ。

「師匠、長い間、お世話になりました。師匠も御達者で」

久太郎はほっとしたように言い、部屋を出て行った。

地の底に落ちて行くような衝撃から立ち直るのに時間がかかった。吉右衛門にとっては最後の砦ともいうべき弟子にまで魔の手が伸びていた。

今、弟子は出稽古も含めて四十人近くいる。そのうちの何人が抜けて行くか。まさか、半分以上も……。

その恐怖から悲鳴を挙げたくなった。

「師匠。室田屋さんがお見えです」

和助の背後から羽織姿の室田屋が畏まって入ってきた。『室田屋』は米問屋である。札差とは密接な関係にあり、大和屋の意向の前には逆らうことは出来ないはずだ。

「失礼します」

室田屋は風呂敷を解いて、菓子折りを差し出した。

「師匠。じつは、この月限りにて、師匠の門下を辞めたく存じまして」

吉右衛門は震える声で、

「あなたも、吉寿のところに行かれるのですか」

と、きいた。

「いえ。私は……」

室田屋は小さな声で、

「一身上の都合でして」

と、答えをぼかした。

「もうお決めになったのですか」

「はい。長い間、お世話になりました」

「これだけは教えてください。大和屋さんから何か言われたのですね」

「いえ、そういうわけでは……」

室田屋は下げた頭に手をやり、

「じつは、大和屋さんからいろいろ言われました。でも、私はすぐに吉寿師匠のところに行くというわけでは……」

「でも、いずれは行くのですね」

「…………」

室田屋は押し黙った。

「わかりました。あなたがお決めになったことを、私がとやかく言うべきではありません。吉寿さんのところに行っても、今まで以上に稽古にお励みを」

久太郎にも言ったことを、室田屋にも告げる。喧嘩別れだけは避けねばならないのだ。

「失礼します」

室田屋は逃げるように去って行った。

「和助」

吉右衛門は和助を呼んだ。

「はい」

「その菓子折りを、室田屋さんにお返しして。さあ、早く」

「は、はい」

和助は菓子折りを持って室田屋を追いかけた。

ひとりになり、吉右衛門は思わず握り締めた拳にさらに力を込めた。

このぶんだと、大和屋は主立った弟子のみなに声をかけているに違いない。まさか、吉次郎や吉栄にまで声をかけているのではないか。

ふたりは吉右衛門といっしょに地方として舞台に出る機会が多い。だが、吉右衛門が舞台に出ることを阻(はば)まれたら、ふたりも舞台への道を閉ざされてしまう。

おそらく、大和屋はふたりに吉寿のところに行けば舞台に出られると言って誘いかけているに違いない。

はじめて、吉右衛門は弱気になった。

「返してきました」

和助が戻ってきた。

「ごくろう」

「師匠」

和助がその場に腰を下ろし、

「室田屋さんまで辞めるなんて、どうなってしまったんですかえ」

と、泣き顔になった。

「心配かけてすまない」

「じつは、先日来、稽古待ちのお弟子さんの間で、大和屋さんからの誘いの話が飛び交っていました。何が起こっているのか、気になっていたんです」

「そうか。弟子の間でそんな話が出ていたのか」

吉右衛門は絶望的な声で答えた。

「師匠。大和屋さんがどうしてこんなひどいことをするのですか」

和助が憤慨してきく。

「急に、吉寿の後援に乗り出した。それが、なぜだか、私もわからない。だが、大和屋さんの仕打ちはあまりにも目に余る」

大和屋の不興を買うようなことは何もなかったはずだから、やはり吉寿への肩入れからこのような仕打ちをしてきたのだろう。

「大和屋さんと話し合っては……」

「いや、無理だ。実際の元凶は吉寿だ。そうだ、もう一度、吉寿と話し合ってみよう」

吉右衛門は立ち上がり、

「私の留守中に辞めたいと弟子が言ってきたら、私に代わって聞き入れてやるように」

「えっ、いいんですか」

「ああ、構わない。去る者は追わない。ただ、吉次郎さんと吉栄さんは別だ。このふたりは私と話し合うように言うのだ」

「わかりました」

和助に見送られて、吉右衛門は家を出た。

日本橋久松町にある杵屋吉寿の家を訪れた。

土間に立った吉右衛門を、おひでが冷笑を浮かべて迎えた。

「あら、吉右衛門さん。どうか、なさいまして」

「吉寿さんとお話がしたいのですが」

吉右衛門は頼む。

「来月の市村座に向けて稽古の最中なんですよ」

こっちの地方の仕事を横取りしたものではないかと、思わず喉元まで出かかった。

「申し訳ありません。師匠はあなたとはもう関わりたくないと申してました。どうぞ、お帰りください」

昔は美しくおとなしい女だったが、今はずいぶん勝気な様子だ。

「少しだけでも」

「無理です。どうぞ、お帰りください」

「なぜ、私の弟子まで横取りしようとするのか、その真意をお訊ねしたい」

「まあ、聞き捨てになりません。弟子まで横取りですって」

おひでは口許を歪めた。

「そうでしょう。来月の市村座もそうです」

「失礼ではありませんか。弟子のくせに」

「弟子？」

「あなたは、吉寿の弟子ではありませんか。吉右衛門という名も吉寿が授けたもの」

「確かに、そのとおりです。ですが、私の師は先代の吉寿師匠であり、今の吉寿さんではありません」

「すべてをひっくるめて、今の師匠は先代から受け継いだのです。したがって、あなたは今の師匠の弟子です。弟子のくせに、師匠に楯突くことは許されません」

「私の師匠はあくまでも先代です」

「そうですか。では、師匠に言って、あなたから杵屋吉右衛門の名を返してもらうようにしましょうか」

「…………」

吉右衛門は呆れ返った。

「そんな横暴は許されませんよ」

「許されるかどうかやってみましょうか」

おひでは挑戦的になった。

「さあ、お帰りください」

ため息をつき、吉右衛門は土間を出た。

吉右衛門は事態が最悪の状況に向かっていることを悟らないわけにいかなかった。まさか、本気で名前を取りあげようとはしないだろうが、その気になればやりかねない。

大和屋が吉寿についている限り、いくら吉右衛門が抵抗しようが太刀打ちは出来ない。周囲は大和屋の威光の前に頭を垂れるだけで、誰も吉右衛門の味方になろうという者はいない。

それにしても、おひでの吉右衛門に向ける憎悪は尋常なものではない。吉寿のために、吉右衛門を徹底的に排除しようとしている。

浅草御門を抜けたとき、まっすぐ家に帰る気になれず、吉右衛門は柳橋のおはまの家に足を向けた。

格子戸を開けて土間に入る。おはまが出てきた。

「まあ、吉右衛門さま。うれしいわ」

「また、来てしまった」

おはまの顔を見て、ささくれだっていた気持ちがなごむのがわかった。

「さあ、お上がりなさって」

いつものように、吉右衛門の手をとるようにして招く。

茶の間に行くと、おはまが痛ましげな顔をして、

「また、少し窶れたような……」

と、吉右衛門の頬に手のひらを当てた。

「だいじょうぶだ」

吉右衛門はそう言ったあとで、おはまの肩を引き寄せ、抱きしめた。

「おはま、私は……」

つい弱音を吐きそうになったが、なんとか持ちこたえ、

「いや、なんでもない。酒の支度をしてくれぬか」

と、吉右衛門は呟く。

「待って」

おはまはちろりに酒を注ぎ、長火鉢に置く。

「吉右衛門さん。ぜんぶ捨てることは出来ないのですか。これ以上、吉右衛門さんのつらそうな顔を見るのは忍びません。もっとこころ穏やかに生きていけませんか」

おはまがそばにきて言う。

「そうだな。おはまの言うとおりだ。無理して、大きなものと闘う必要はない。私にはおはまがいるんだ」

「はい」

おはまがにこりとする。

「こうなったのも天の定め。私は唄と三味線に自信が出来て、いつしか自分が一番だと天狗になっていたのかもしれない。勘違いをしていたのだ。大きな目で見れば、私などちっぽけなものだ。おはま、おまえさんと知り合ったのも、挫折した私をなぐさめようと天が気を配ってくれたのかもしれない」

「吉右衛門さま」

「おはま。今度こそ、覚悟はついた。場合によっては、長唄から足を洗ってもいい。そなたとともに生きて行く」

「うれしゅうございます」

おはまは吉右衛門の胸に飛び込む。

おはまの肩を抱きながら、

「さすが、杵屋吉右衛門と言われるように、後始末だけはちゃんとする」

長火鉢で酒の燗がついていた。

第三章　深情け

一

翌日の朝、栄次郎が元鳥越町の吉右衛門の家に行くと、土間にはいくつもの履物が並んでいた。

部屋には、大勢の弟子が待っていた。武士から商家の旦那、職人などいろいろなひとがいる。ここでは、身分も貧富の差も関係なく、誰もが平等だった。

「栄次郎さま」

おゆうが声をかけた。町火消『ほ』組の頭取(とうどり)政五郎(まさごろう)の娘おゆうだ。

「どうなさったのですか。きょうはずいぶんお集まりですが」

栄次郎は不思議そうにきく。

「お稽古。まだ、はじまらないのです」

「はじまらない？」

　そういえば、稽古場から三味線の音が聞こえて来ない。

「師匠。どうかしたんですか」

「和助さんの話だと、急用で外出してまだ戻ってきてないようなんです」

「外出？」

　栄次郎は訝しげにきき返す。

　珍しいことだ。いや、師匠が稽古時間にいなかったことははじめてだ。栄次郎はふいに大和屋のことに思いを馳せた。

「吉栄さん」

　大工の棟梁が声をひそめ、

「室田屋さんや久太郎が辞めたことを知っていますか」

と、きいた。

「辞めた？　まさか、弟子を？」

「そうです。久太郎さんは吉寿師匠のところに行くそうです。室田屋さんも、いずれそうするでしょう」

「なんと」

栄次郎は愕然とした。

「大和屋さんが弟子に声をかけています。吉栄さんはどうですか」

「ええ、私も声をかけられました。私はきっぱりお断りしました。でも、ほんとうに辞めていく弟子が出てきたんですか」

栄次郎はため息混じりに言う。

「そのことで、師匠は走り回っているのかもしれませんな」

横町の隠居が渋い顔で言う。

「なんで、吉寿師匠のほうに移ってしまうんですか」

おゆうが怒ったようにきく。

「大和屋さんの意向で、これからは吉寿一門が舞台で地方をやることになったそうだ。うちの師匠はもう舞台には上がれない」

隠居が説明する。

「まあ」

おゆうは絶句した。

「みなさん。申し訳ございません」

内弟子の和助が現れ、詫びを言う。

「師匠はどこまで出かけたんだね」

大工の棟梁がきく。

「すみません。行き先はわかりません」

「出かけてから、どのくらい経つんだね」

「はあ、かなり」

「かなり？　では、朝早く出かけたのか」

隠居がきく。

「まあ」

和助はあいまいに答える。

栄次郎は和助の顔色に不審を抱いた。

「いつ帰ると言っていたんだね」

棟梁がきく。

「いえ、特には何も……」

「珍しいな。いつもの師匠らしくない。弟子が抜けて、かなり混乱しているようだ」

隠居が眉根を寄せて言う。

「申し訳ありません。もう、戻ると思うのですが」

和助が困惑して言う。

新たにやって来た弟子は、大勢溜まっているのを見て、

「何かあったのですか」

と、驚いてきく。

「じつは、師匠が出かけていて、まだ帰って来ていないんです」

和助が詫びる。

「いつ、戻るんですね」

「それが、はっきりしないんです」

「困ったな。わかりました。きょうはこのまま引き上げます」

その弟子は土間に入っただけで、すぐに出て行った。

「どれ、私もきょうは稽古を諦めて帰るとします。お店も長く明けられませんので」

商家の旦那が立ち上がると、大工の棟梁も続いた。

「俺も引き上げよう」

ひとりが帰ると、たちまち三人が続き、やがて隠居も諦めて引き上げ、残ったのは
栄次郎とおゆうだけになった。

「栄次郎さま」

おゆうが心細そうな声を出した。

「この先、どうなるのでしょうか」

「わかりません。大和屋さんがかなり強引にうちのお弟子さんに働きかけています。まさか、室田屋さんと久太郎さんが辞めるとは思いもしませんでした」

栄次郎も暗い気持ちになった。

「でも、なぜ、こんなことになったのか。どうして、大和屋さんと吉寿さんがこのような暴挙といっていいことをしでかしたのか。そのわけを探れば、何か解決の糸口は見えてくると思います」

さらに四半刻（三十分）経ったが、吉右衛門が戻ってくる気配はなかった。

再び、和助がやって来て、

「申し訳ありません。まだのようです」

と、すまなそうに言う。

「和助さん。ほんとうのことを仰ってください」

栄次郎は和助の顔を正面から見据えた。まだ、二十歳過ぎの若者は強張った表情で、頷く。

「師匠がどこに行ったのか、ほんとうに知らないのですか」

「知りません」

「朝早く出かけたというのは？」

「それは……」

和助が俯いた。

「違うのですか」

「申し訳ありません」

和助が頭を下げた。

「まさか、師匠はゆうべから……」

「はい。きのう出かけたきり、帰ってきません」

「まあ」

おゆうが悲鳴のような声を上げた。

「由々しきことではありませんか」

「はあ」

「万が一のことは……」

そのとき、裏口で物音がした。

「あっ、帰ってきました」

和助は立ち上がり、急いで裏口に向かった。

しばらくして、吉右衛門が顔を出した。憔悴しているかと思ったが、案外と穏やかな表情をしていた。

「吉栄さんにおゆうさん。ご心配をおかけいたしました」

吉右衛門は腰を下ろして、

「いろいろ考えることがあり、そのために留守をしてしまいました。お稽古を勝手に休んでしまい、お弟子さんたちに御迷惑をおかけしました」

「師匠」

栄次郎が声をかけるのを吉右衛門が制し、

「今度のことでは私も八方塞がりになり混乱しましたが、ようやく自分の行く道を見つけました。吉栄さん、どうか、吉寿のほうにお移りください」

「えっ？」

栄次郎は耳を疑った。

「私に吉寿師匠のところに行けと仰るのですか」

「そうです。もはや、私のところにいたのでは舞台に立つことは叶わず、三味線弾きとして身を立てていくことも出来ません。あなたにとっては、そのほうがいいでしょう」

吉右衛門が淡々と話すことに、栄次郎は啞然とした。

このようなことになって悔しくないのか。弟子をとられて平気でいられるのか。

「お言葉ですが、私は師匠の芸に惚れたのです。師匠のような男になりたくて弟子入りをしたのです。私は辞めません」

栄次郎はきっぱりと言う。だが、吉右衛門の反応は意外なものだった。

「吉栄さん。私はもうこの世界から足を洗う腹積もりでいます」

「足を洗うですって」

「そうです。世の中の流れは、吉寿を求めているのでしょう。そういう大きな流れに逆らったところで、所詮何も出来ません」

「師匠のお言葉とは思えませぬ。芸には終わりがないと仰っていたではありませんか。いつまでも、芸を突き詰めていく。その言葉は嘘だったのですか」

「嘘ではありません。ただ、私には限界が見えたのです。私は芸は極められません。でも、吉栄さんは違います。どうか、吉寿さんのところで、それを極めてください」

「師匠」

栄次郎は吉右衛門ではない、何か別の人間と接しているような違和感を持った。

吉右衛門にとっては厳しいことの連続で、心労から気がおかしくなったのではないかと心配になった。

だが、表情や目の光に異常は感じられない。ただ、穏やかな表情でいることが気に入らなかった。

「おゆうさん」

吉右衛門は、今度はおゆうに顔を向けた。

「おゆうさんも吉寿さんのところに行きなさい。そして、芸に精進して……」

「いやです。私は行きません」

おゆうが叫ぶように言う。

「私も栄次郎さまと同じです。師匠の芸が好きで弟子になったのです。他の師匠は考えられません」

「ありがとう」

吉右衛門は頭を下げた。が、すぐに顔を上げ、

「そう仰っていただけるのはとても光栄ですが、私はもう終わった人間です。もう、私を頼っても仕方ありません」

「師匠。なぜ、ですか。なぜ、そんなことを仰るのですか」

栄次郎は興奮を抑えきれず、

「これでは、大和屋さんと吉寿師匠の思うがままではありませんか。ふたりがどうしてこんな仕打ちをするのか確かめ、その対応をとるべきです。あくまでも闘うべきではありませんか」

「吉栄さん。あなたの気持ちはよくわかります。私は最初はそのつもりでした。でも、もうそのような気力はなくなりました。潔く、身を引くことも大切ではないでしょうか」

本心を隠して言っているのか。しかし、隠す必要はない。だとしたら、本心を語っているのだ。

栄次郎は愕然とするしかなかった。

「師匠」

和助が口を挟んだ。

「私はどうしたらいいんですか。私だって、師匠の芸に惚れて内弟子になったんです」

「和助。おまえにもすまないことをしたと思っている。おまえも、吉寿のところで精進するのだ。吉寿にもよく頼んでおく」

「いやです。私は師匠の傍を離れません」

和助は泣いて訴えた。

「いろいろ後片付けなどがあり、すべてけりをつけるまで、あと一カ月はかかろう。それまでに気持ちの整理をつけるように」

吉右衛門は静かな口調で言う。

「吉栄さんもおゆうさんも、今は混乱しているでしょうから、数日も経てば落ち着いて、気持ちの整理もつくでしょう」

「そんな」

おゆうが絶望的な声を出す。

栄次郎は突然の吉右衛門の変化を疑わざるを得なかった。吉右衛門に何かあったのだ。芸を忘れさせるほどの何かが……。

「では、私はすることがあるので」

吉右衛門は立ち上がった。

「お待ちください」

栄次郎は呼び止めた。

「あと一カ月は、私はまだ師匠の弟子です。どうぞ、それまではお稽古をつけてください。お願いいたします」

少し間があって、

「わかりました。よろしいでしょう。ただし、きょうはご勘弁ください」

と、吉右衛門は答える。

「では、明日」

「いいでしょう」

吉右衛門は奥に消えて行った。

和助は膝に置いた手を震わせていた。

「和助さん」

栄次郎は小声になって、

「お話があります。外に出てもらえませんか。そう、鳥越神社で待っています」

「わかりました」

「おゆうさん。帰りましょう」

「はい」

栄次郎とおゆうは吉右衛門の家を出て、鳥越神社に向かった。

「師匠。どうしちゃったんでしょうか。私にはまったく別人としか思えませんでした」

　おゆうが胸を抑えて言う。

「ええ、まったく別人です。一時に苦難が押し寄せ、心が壊れてしまったのかとも思いましたが、そうではありません。師匠は何か別の生き方を見つけたのかもしれません」

「別の生き方？」

「まだ、わかりません」

　鳥越神社の鳥居をくぐり、拝殿に向かった。

　おゆうと並んで手を合わせる。惣兵衛の行方を探すことと、吉右衛門の問題のふたつの無事の解決を願って手を合わせた。

　おゆうもまた長い間、手を合わせていた。

　拝殿の前を離れ、鳥居のほうに戻ったとき、和助が小走りにやって来た。

「師匠、だいじょうぶですか」

　栄次郎は確かめる。

「はい。買い物に行ってくると言って出てきました」

植え込みの陰に移動してから、

「最近、師匠に変わったことはありませんか。大和屋さんの件ではいろいろ動き回っていたでしょうが、その他には？」

「最近、出かけることが多くなりました。帰って来るのも夜遅くに」

「そうですか」

そこに何かあると、栄次郎は思った。

「和助さん。今度、師匠が出かけるとき、どこに行くのか、あとをつけてくれませんか」

「あとを？」

和助は表情を曇らせた。

「決して気づかれぬように。行き場所がわかったら、それ以上はなにもせずに引き上げてください」

「そこに何か」

「わかりませんが、そこで誰かと会っているのではないかと思われます。師匠が別人のようになったのも、その人物の影響があるかもしれません」

「わかりました。やってみます」

「わかったら、私が稽古に行ったときに教えてください」

「はい」

和助は一礼して一足先に神社を出て行った。

「吉右衛門師匠が辞めてしまったら困るわ。だって、栄次郎さまとお会いする機会がなくなってしまいますもの」

おゆうが寂しそうに言う。

「いえ、あの師匠こそ、芸から離れられないはずです。きっと、気持ちを引き戻してみせます」

栄次郎は悲壮な覚悟で言った。

二

おゆうと別れ、栄次郎は深川に向かった。

両国橋を渡り、竪川を二ノ橋で渡り、彌勒寺の前を通り、小名木川を越える。

仙台堀沿いを東に向かった。堀には荷足船が行き交う。

亀久町に入り、奥に向かうと武家屋敷の塀が見えてきた。手前の一軒家がおみつが住んでいた家だが、すでに、別の人間が住みはじめている。

　栄次郎は隣りの荒物屋の店先に立った。

　薄暗い中に、店番の亭主がいた。頭髪の薄い年寄りだ。

「あなたは、確か……」

　亭主は覚えていた。

「すみません。たびたび」

　栄次郎は詫びてから、

「また、隣りにいたおみつさんのことでお話をお聞かせください」

　と、切り出す。

「なんでしょうか。お話しできるようなものは何もありませんが」

「茂三はどんな男でしたか。見掛けは、強面で、やくざのような男だったと前にお聞きしましたが、どんな感じでした？」

「会えば、如才（じょさい）なく挨拶してくれました」

「そうですか。じゃあ、夫婦仲もよかったのでしょうね」

「でも、家を留守にして、しばらくぶりに帰って来ると、よく怒鳴り声がしていました」

「怒鳴り声？　茂三がおみつさんに怒鳴っているのですか」

「そうです。ちょっと、短気で、気に食わないことがあるとすぐに怒りだすようなひとだったな」

亭主は口をもぐもぐさせて言う。

「おみつさんには親しい友達はいたのでしょうか」

「さあ、どうですかねえ」

「いたわよ」

と、奥から声がした。

「おかみさんですか」

出て来た年配の女に声をかける。

「そうです。一度、おみつさんと三十三間堂（さんじゅうさんげんどう）の前でばったり出会ったことがあるんです。どちらにってきいたら、お友達に会いに行くと言ってました」

「詳しいことはわかりますか」

「いえ、深入りしませんでしたから」

「どっちに行きましたか」

「入船町（いりふねちょう）のほうです。でも、入船町に行ったかどうかはわかりません。永代寺のほうかもしれないし」

「そうですか」

「おみつさん。どこにいるか、まだわからないんですか」

「ええ。もし、何か思い出したことがあったら、教えてください」

栄次郎は頼んだ。

「わかりました」

荒物屋を出てから、栄次郎は三十三間堂のほうに足を向けた。そこに行ったからといって、おみつの友達がわかるわけではない。

それでも、念のために、栄次郎は行ってみることにした。

三十三間堂の前を通り、入船町に向かう。左手の奥は木場で、材木置き場に立てかけてある材木が並んでいるのが見える。

入船町の木戸番屋に寄り、店番をしている中年の女に訊ねた。

「ひと月以上も前のことになりますが。ときたま細面で、二十八歳ぐらいの寂しそうな顔をした女がこっちのほうにやって来たんですが、見かけたことはありませんか」

「ありますね」

女があっさり言った。木戸番の女房だろう。亭主は昼は寝ているのかもしれない。

「どうして、覚えていたんですか」

「荒物の他に、夏はここで金魚を売っているんですが、その女のひとは二度ほど、金魚を買ってくれたことがあるんです」

「そうですか。で、どっちのほうに行ったかわかりますか」

「この奥、大島川のほうに行きましたよ」

栄次郎は礼を言って、木戸番屋をあとにして町筋を奥に向かった。仮に、おみつの友達が見つかったとしても、おみつの移り住んだ場所を知っているかどうかはわからない。

だが、ともかく、友達なら何か手掛かりになるようなことを知っているかもしれない。

奥まで行くと、黒板塀の洒落た家がある。妾宅だろうか。栄次郎はその家の前を素通りし、大島川に出た。

再び戻り、妾宅のような家の前にやって来た。ちょうど、格子戸が開いて、襟足の小粋な女が出てきた。

「すみません」

栄次郎は声をかけた。

「あら、私？」

　芸者上がりのような色っぽい女が振り向いた。

「つかぬことをお訊ねしますが、亀久町に住むおみつという女の人を知りませんか。おみつさんの友達がこちらのほうに住んでいると聞いてきたのですが」

「残念だけど、それは私じゃないわ。私がここにやって来て半月だから、まだ友達も出来ないわ」

「半月ですか」

「そう。日本橋からよ」

「そうですか。失礼しました」

「ねえ、お侍さん。お名前は？　私はおあき」

　お秋と同じ名前だ。そのせいか、栄次郎は答えた。

「矢内栄次郎です」

「おみつさん、どうかしたの？」

「ええ。ひと月以上前にどこかに引っ越してしまったんです。お友達なら引っ越し先を知っているのではないかと思いましてね」

「そう。おみつさんって、栄次郎さんのいいひと？」

「違います。頼まれて探しているだけです」

「そう。うちに寄っていかない？　お茶もで飲んでいけば」

「でも、お出掛けなのでしょう」

「いいの。いつでも」

「いいえ、そうは行きません。それに……」

「旦那のこと？　旦那が来るのは夜だから、昼は大丈夫よ」

女はあけすけに言う。

「また、機会がありましたら」

「おみつさんの友達、私が近所を訊ねて探して上げるわ」

「えっ？」

「なに、その顔」

「そこまでしてもらう謂われがありませんから」

「いいのよ。どうせ、私は昼間は暇なんだから。だから。二、三日したら、また来てみて。きっと見つけておくわ」

「わかりました。よろしくお願いいたします」

すっかりおあきの調子に翻弄されて、栄次郎は逃げるように入船町をあとにした。

その夜、栄次郎は浅草黒船町のお秋の家で、崎田孫兵衛と会った。

「代官所手付のほうでは、草津の丹治一味は全員捕まえたと思っていたそうだ。茂三のことは漏れていたんだ」

「で、牢屋敷にいる丹治の手下は何と?」

手下は遠島の罪で船待ちで、牢屋敷にいる。その手下に確かめてもらったのだ。

「茂三は仲間だと言っていた。取り調べでも、何もきかれないから喋らなかったということだ」

「代官所手付は迂闊でしたね」

「ああ、迂闊だ。今頃になって亀久町の茂三の隠れ家を聞き出したってどうしようもない」

孫兵衛は顔を歪め、

「茂三とおみつは逃げるために惣兵衛を利用したとしか考えられぬな」

と、ため息をついた。

「でも、それなら、なぜ惣兵衛だったのでしょう」

栄次郎は疑問を呈した。

「深川の亀久町から京橋の『旗野屋』までずいぶん離れています」

「それほど、離れていても出向いたのは、やはり惣兵衛でなければならないわけがあったということではないのか」

「しかし、惣兵衛にどんな役割をさせたのでしょうか」

「そこまではわからん」

孫兵衛は怒ったように言い、

「たぶん、茂三はどこかで惣兵衛と出会っているのだろう。惣兵衛の持っている何かが利用出来ると思ったか」

「ひとつ、考えられることは隠れ家です。惣兵衛がどこかに空き家を持っていた。そこを隠れ家に使おうとしたのではないか。ただ、この場合、惣兵衛だけが知っていて、家の者が知らない空き家があるかどうか。惣兵衛が遊び人だったらともかく、堅物だった惣兵衛が家人に内緒の空き家を持っていることが不自然です。それに」

栄次郎はさらに、

「隠れ家だったら、何も惣兵衛に頼らずとも借家は見つかるのでは……」

「うむ。わからん」

孫兵衛がいらだったように首を横に振った。

「おみつには入船町に友達がいることがわかりました。今、探しています。この友達が何かを知っているかもしれません」

「そうか」

　孫兵衛はため息をつき、

「死んでいるなら、早く遺骸を見つけてちゃんと葬ってやりたいというのが家人の願いだ。栄次郎どの。引き続き、頼みましたぞ」

「はい。では、私はこれで」

　栄次郎は立ち上がった。

「なんだ、呑んでいかないのか」

　孫兵衛が不服そうに言う。

「すべてけりがついたらゆっくりいただくことにします」

「そうか。わかった」

「栄次郎さん。お帰り？」

　お秋が入ってきていた。

「はい」

「最近、昼間、三味線の稽古に来ませんね」

「ええ、調べごとが多くて」

「栄次郎さん」

　お秋が真顔になって、

「吉右衛門師匠の噂、ほんとうなの？」

「噂？」

「まず、来月の山村座を降ろされたと。栄次郎さんも出ることになっていた舞台ではないんですか」

「そのとおりです」

「それから、お弟子さんがどんどん辞めて行っていて、吉右衛門師匠もやる気をなくしているらしいと」

「誰がそんなことを？」

　栄次郎は聞きとがめた。

「そうなんですね」

「違います。そんなことはありません。ただ、ちょっと、問題が起こっていることは間違いありませんが」

「そう。やっぱり」

「もう、吉右衛門師匠は表舞台からは退場したという噂です。だって、来月の市村座だけじゃなく、今後も舞台には出られないだろうという話でした」

「そんな噂が流れているのですか」

栄次郎は憤慨した。

「栄次郎さんも三味線の稽古もしなくなったのは、てっきり、そのことで」

「確かに、そのこともあります。しかし、吉右衛門師匠は決してこのままでは終わりません。それに、こうなったのは、吉右衛門師匠の問題ではないんです。背後で、何者かが蠢いているのです」

「何者かが？」

「はい。いろいろな噂も、吉右衛門師匠を貶めようとする者たちから出ていると思われます。どうか、噂にとらわれないでください」

「わかりました。栄次郎さんの言葉を信じます」

「ありがとう、お秋さん」

栄次郎はお秋の家から明神下の新八の長屋に寄った。

新八は帰って来ていた。

「やっぱり？」

「栄次郎さん。また、外で」

新八はすぐに草履を履いて出てきた。

ふたりは長屋木戸を出て、先夜と同じように神田明神の境内に入った。

「吉寿師匠の弟子や近所の人間にきいてまわったんですが、吉寿師匠はおひでというかみさんには頭が上がらないようですね」

「おひでさんは先代の娘さんですからね」

「ええ。なんでも、おひでさんの言うがままに動いてるって、何人もが話してました」

「つまり、吉寿一門を陰で動かしているのはおひでさんというわけですか」

「はい。おひでが自分の亭主を表舞台に出させるために、いろいろ動いている。そんな感じがしました」

新八は感想を述べた。

「そうそう、これは吉寿師匠のお弟子さんにきいたのですが、先日、吉右衛門師匠がやって来たとき、おひでが吉右衛門師匠に名前を取りあげると言ったそうです」

「名前を取りあげる？　杵屋吉右衛門の名を使わせないということですか」

栄次郎は呆れ返った。そこまで、吉右衛門を追い込もうとしているのか。

「そうです。吉寿師匠はおひでの言いなりだそうですから」

「どうやら、すべてはおひでというおかみさんの思いから出ているのですね」

執拗(しつよう)なまでの封じ込めは、おひでの吉右衛門への感情の表れだ。つまり、すべてはおひでの思いが出発になっているのではないか。そこに吉寿の思いと大和屋の先代への思いが重なって、このようなことになったのだろうか。

しかし、いまひとつ納得出来ないのは、大和屋だ。確かに先代に対する思い入れは激しかった。先代の芸に惚れ、後援を続けていた。

だが、先代が亡くなり、今の吉寿があとを継いでも、今の吉寿には後援をせず、吉右衛門に乗り換えた。

おそらく、大和屋からすれば、後援をするに値するのは吉右衛門の芸のほうだったからだろう。

その大和屋が最近、急に吉寿に肩入れをしだした。吉寿の芸が格段に進歩したとは聞いていない。もし、そうなら噂にも出るはずだ。

それなのに、大和屋はなぜ吉寿に……。

「大和屋さんは優れた芸には惜しみなく支援します。最近の吉寿師匠の芸の評判を聞いてもらえませんか」

「わかりました。なにしろ、私は吉寿師匠への入門を考えていると言って近付いてますので、お弟子さんたちはなんでも話してくださいます」

新八はいたずらっぽく笑った。

「なるほど。それなら、生の噂が聞けますね」

栄次郎は頼もしげに新八を見て、

「大和屋さんに関する噂も拾い集めてきてもらえますか。大和屋さんと吉寿師匠がこのように深く結びついたわけを知りたいのです」

「わかりました」

新八は応じてから、

「ところで、吉右衛門師匠はいかがですか」

と、心配そうにきいた。

「じつは、きょう師匠は稽古に現れませんでした。家にいなかったのです」

栄次郎は重たい口を開いた。

「家にいなかった？」

「前夜から出かけ、どこかで泊まってきたようです。稽古をすっぽかしたことなんて、はじめてです」

「信じられませんね。あの師匠が……」

「他のお弟子さんが諦めて引き上げたあと、ようやく戻ってきた師匠は、こんなことを言い出しました。私も八方塞がりになり混乱しましたが、ようやく自分の行く道を見つけました。吉栄さん、どうか、吉寿のほうにお移りください、と」

「えっ、なんですって」

新八が啞然とした。

「決して、吉右衛門師匠の本心ではないはず。でも、このままなら、吉右衛門師匠は芸の世界から身を引いてしまうかもしれません」

「なんてことに」

「吉右衛門師匠を救うためにも吉寿師匠と大和屋が結びついたわけを知る必要があります」

「わかりました。必ず、突き止めてみます」

新八は覚悟を示すように言ってから、

「栄次郎さん。げすの勘繰りですが、吉右衛門師匠に女が出来たんじゃありませんかえ」

と、きいた。

一拍の間を置き、

「私もそう思います。内弟子の和助さんに、師匠が出かけるとき、こっそりあとをつけるように頼んであります」

「女は怖いですからね」

何気なく新八は言ったのだが、その言葉は栄次郎の胸を衝いた。

栄次郎もかつて女に夢中になり、すべてを失ってもいいとさえ思うようになったことがあった。

あのとき、栄次郎は自分を見失っていた。あのまま、女の誘いに乗っていたら道を誤り、栄次郎は悲惨な末路を晒すことになったはずだ。

吉右衛門もまた、すべてを捨てて女とともに生きていく道を選んだのだとしたら、あとで取り返しのつかないことになる。後悔しても、そのときにはもう芸の道には戻れない。

吉右衛門にはそんなことになって欲しくないと、栄次郎は胸を痛めた。

三

吉右衛門は稽古場に座ったが、三味線を持つ気になれなかった。表舞台から締め出され、町の片隅で長唄の師匠をして暮らしていくには、この家では辛すぎる。

おはまといっしょにどこかへ引っ越すのだ。そして、その地で、三味線を教えながら細々と生計を立てて行く。

もちろん、杵屋吉右衛門の名は捨てるつもりだった。こうまで思い切った決心が出来たのも、おはまのおかげだった。

これからは、おはまとの暮らしを大切にしたい。

ただ、長い間、ついてきてくれた弟子には申し訳ないと思う。だが、主立った弟子は吉寿の一門に迎えられるだろうし、ただ長唄や三味線を習いたいだけなら、他にも師匠はいる。

それぞれの落ち着き先を見つけてやり、すべて心残りがないようにしたい。問題は内弟子としてやって来た和助だ。

この和助のことは吉寿に直接頼むか、あるいは大和屋にお願いしてもいい。自分を追い落とした相手にも、今なら素直に頭を下げられそうだ。

　ここで弟子と相対して長唄と三味線を教えた。今となっては遠い昔のことのようだ。

和助が台所の掃除をしている。筋がいい。きっとものになるはずだ。

「和助」

思い立って、吉右衛門は和助を呼んだ。

「はい」

たすき掛けを外し、からげた裾を直して、和助が入ってきた。

「まあ、そこに座りなさい」

「はい」

「きのうも話したように、私はこの稽古場を閉じる」

「師匠」

和助が泣きそうな顔になった。

「和助。おまえは吉寿のところで精進するのだ。おまえのことは吉寿にもよく頼んでおくが、一度、私といっしょに挨拶に行こう」

「いやです」

和助は激しく言った。

「私は師匠以外の誰にもつきたいとは思いません。師匠がお辞めになるなら私も三味線を諦めます」

「何を言うか。そなたはきっとものになる。いい師匠につけば、どんどん伸びていく」

「私の師匠は吉右衛門師匠しかいません。いつか、師匠が別の場所で、新たに稽古場を開くまで待ちます」

「そのように思ってくれていて、私もうれしい。だが、同時に私を苦しめる。おまえのためだ。どうか、吉寿のところに」

「いいえ、私は生涯、吉右衛門師匠の弟子であり続けます」

和助は澄んだ目を向ける。

「私は杵屋吉右衛門の名を返さねばらない。今後は、誰も知らない名前で、ひっそり教えていくことになる。そんな師についたって舞台に立てるようにはならない」

「構いません。私はあくまでも師についていきます」

「仕方ありません。もう少し、時間を置いてお話ししましょう」

「はい」

和助は下がった。

昼過ぎに、あとを和助に託し、吉右衛門は出かけた。

吉右衛門は森田町にある札差『大和屋』の家人の出入り口の前に立った。

格子戸を開け、土間に入る。

「お頼み申します」

吉右衛門は奥に向かって声をかける。

「はあい」

と、若い女中が走ってきた。

「杵屋吉右衛門です。大和屋さんにお会いしたいのですが」

「はい。少々お待ちを」

女中は奥に引っ込み、少し待たされて戻ってきた。

「どうぞ、こちらに」

「失礼します」

吉右衛門は女中の案内で、客間に通された。

そこで、またたいぶ待たされた。吉右衛門が文句を言いに来たと思っているのだろう。部屋に射し込む陽光の位置が変わってから、ようやく大和屋がやって来た。

「お待たせした」

大和屋は鷹揚な態度でやって来た。

「お忙しいところをお邪魔し、申し訳ありません」

「いや。で、用件は？　私も忙しいのでそう時間はとれない」

大和屋は牽制するように言う。

「じつは、私は稽古場を閉めることにしました」

「……………」

大和屋は不思議そうな顔を向けた。

「つきましては、大和屋さんの尽力をいただいて、私の弟子を吉寿さんに引き取っていただけるように……」

「吉右衛門さん」

大和屋はあわてたように言う。

「稽古場を閉めるとは、本気なのですか」

「はい。いろいろ思うことがありまして」

「なにもそこまで思い切ったことはしないでもよいではないか」

「いいえ。私がいたのでは吉寿さんもやりづらかろうと思います。この際ですから、吉右衛門の名もお返しをするつもりです」

「なに、名前も」

　大和屋は目を剝き、

「名は先代よりいただいたもの。何も返すまでは……」

「いえ。私が吉寿一門に少しでも関わっているとなると、どんなことで差し障りが出てくるかもしれません」

「ひょっとして、名を返すように言われたのでは？」

　大和屋は察したようにきく。

「だからというわけではありません。それがなくとも、お返ししたと思います」

「うむ」

　大和屋は唸った。

「そこまで、吉右衛門さんを追い込んでいたとは……」

「いえ、これは私が決めたことです。そういうわけですので、ぜひ大和屋さんの尽力で、弟子の身の振り方を」

「わかりました。約束しましょう。しかし、吉栄さんと吉次郎さんのお二方は従うとは思いませんが」

「はい。ですが、稽古場がなくなれば、行き場がなくなります。そのときは、どうかお世話をお願いいたしたいのです。このふたりは、舞台に出させてやりたいのです」

「わかりました。吉寿の弟子になれば、来月の市村座とて考えられます」

「ほんとうですか。ぜひ、そうしてやってください」

吉右衛門は頭を下げてから、

「もうひとり、お願いしたいのが、内弟子の和助のことです。和助もずっと私のところに住み込んでおり、私以外の師匠を知りません。最初は素直に吉寿さんのところに行けないと思います。でも、すぐ三味線を弾きたくなるはずです。そのときは、どうか吉寿さんのところに世話になれるように」

「和助さんのことはお引き受けしましょう」

大和屋は請け合った。

「これで安心しました」

吉右衛門は正直に口にする。

「それにしても驚きましたな。あなたが、そこまで決心したとは……」

大和屋は複雑な表情をし、

「私が吉右衛門さんを追い込んでしまったようで心が痛みます」

「これも、運命だと思っています」

　おはまとの出会いはこういうことだったのだと、吉右衛門は考える。

「運命ですか」

　大和屋は呟く。

「で、これから、どうなさるおつもりか」

「はい。少し離れた場所に引っ越し、落ち着いたら実の名で、近所のひとに三味線を教えていこうと思います。杵屋吉右衛門は引退です」

「引退するにはまだ若い。確か、四十半ば」

「はい」

「私などは来年五十です。私もそろそろ伜に代を譲らねばならないな」

「さあ、どうでしょうか。大和屋さんはまだまだご活躍出来ましょう。いずれにしても、これからも歌舞伎、浄瑠璃、長唄などの芸の世界に後援をしていただけたらと思います」

「そのつもりです」

　大和屋はふっと深いため息を漏らし、

「今でも、私は吉右衛門さんの芸は天下一だと思っています。その吉右衛門さんの唄と三味線が聞けなくなるのかと思うと残念です」

ほんとうにそう思っているなら、なぜ吉寿と手を組んで私を追い落とそうとしたのだという反発を覚えたが、それも一瞬で消えた。

その怒りが大きく膨らむことはなかった。


大和屋と別れてから、吉右衛門は柳橋のおはまの家に向かった。今はおはましか見えなくなっていた。

四半刻（三十分）後には、おはまの家の茶の間にいた。すでに、浴衣に着替えて、長火鉢の前に座った。

ここに座るのもようやく馴れた。ここが自分の家だという思いがし、おはまが自分の女だという実感がしていた。

「おはま。そのうち、牛込か市ヶ谷のほうに家を見に行ってみないか」

おはまがいれてくれた茶を飲みながら、吉右衛門はおはまに言う。

「うれしいわ。ほんとうに？」

おはまは小娘のように目を輝かせた。

「もちろんだ。ふたりで、新しくやり直すのだ」

そうじゃないか」

「はい」

　おはまは弾んだ返事をする。おはまの笑顔は美しい。

「なんですの？　何かついていますか」

　おはまが自分の顔に手をやった。

「いや、そうじゃないよ」

　吉右衛門は笑って応じる。こんなに心穏やかな日々がやって来るとは思いもしなかった。長唄と三味線の師匠として、常に真剣に芸に向き合ってきた。稽古といえど、真剣勝負だ。舞台に出るとなれば、さらに身を引き締める。常に緊張の連続だった。

　今は、そういったことから解き放たれている。おはまとふたりだけの生き方が待っている。

　夜になって、酒を呑み、そして、いつものように寝間に入る。

　おはまの白い肌は吉右衛門のすべてを吸いつけて離さない。おはまのなまめかしい声が吉右衛門を若者のように燃えさせた。


「私も働きます」

「そんな真似はしなくていい。私にも少しは蓄えがある。まあ、じっくりいい家を探長唄の師匠としての威厳を保つために若いうちからの老成を余儀なくされ、決して乱れた真似はしない。そんな自重が身についていたが、今は違った。

吉右衛門は何もかも捨て去り、自由だった。自分を縛るものは何もない。今、吉右衛門は若さを十分に取り戻していた。

おはまもまた、激しく乱れ、あとで恥じらう姿に愛おしさが増した。

静かになったふたりはお互いに抱き合ったままじっとしていた。

「うれしいわ」

突然、吉右衛門の腕の中で、おはまが言った。

「何がうれしいんだね」

吉右衛門は横にあるおはまの顔を見る。

「だって、吉右衛門さまの顔から辛そうなものがなくなっているんですもの。最初は、そんな辛そうな顔を見ると、こっちまで胸が締めつけられて」

「おはまのおかげだ。私は生まれ変わったんだ」

「そう言っていただけて、うれしいわ」

「私たちが出会ったのは運命だったのだ。運命なんて信じない私が、つくづくそう思うのだ。もし、おはまと出会えなかったら……」

　おはまと出会っていなかったら、吉寿のところに乗り込んで見苦しい真似をしたり、苦しみ、悩み、当たり散らし、弟子からも人間性を疑われるような真似をしていたかもしれない。

「私だって、そう思うわ。きっと、私たちは巡り逢うべくして出会ったのね」

　おはまは囲い者だったが、旦那が病気になったために手切れ金をもらって別れ、ここに引っ越してきたのだ。

　旦那が病気にならなければ、また、引っ越し先が別の場所だったら、ふたりは出会うことはなかった。

「いやな旦那だったけど、自分が病気になったとき、あっさり別れてくれたことには感謝しているわ。だから、こうしてあなたに会えたんですもの」

　おはまは吉右衛門の裸の胸に頬をおしつけた。

「今夜は泊まっていける？」

「そうしたいのだが、明日は稽古日なんだ。きのうも稽古をすっぽかしてしまってね。お弟子さんには最後までちゃんとしてやりたいんだ。その代わり、明日の夜、来る。明日は泊まるよ」

「うれしいわ」

おはまは無邪気に喜んだ。

おはまの肌の温もりを感じながら、吉右衛門は夜の町を元鳥越町まで帰った。

格子戸を開けたとき、ちょうど四つ（午後十時）だった。

和助が出てきた。

「お帰りなさいまし」

「うむ。留守中、何かあったか」

「いえ。私は休ませていただきます」

「そうか。では、戸締りを頼む」

「はい」

茶の間に入ったが、吉右衛門はなんとなく和助の態度がいつもと違うように感じた。

いつもなら、着替えを手伝い、そしてお茶をいれましょうかときくのだが……。

いや、和助も稽古場を閉めるという事実に心がざわついているのに違いない。無理もないと、吉右衛門は思った。

脱いだ着物を衣紋掛け（えもんか）にかけ、寝間着に着替える。

それから、改めて長火鉢の前に座った。火は消えていた。こんなことも、今まではなかった。

吉右衛門は火箸で灰をかきまわしておきびを探し、吹きながら火をおこす。こういうことはここ何年もしたことはなかった。

やはり、和助の心の動揺が見てとれた。

(すまない、和助)

自分の決断によって傷つく者がいたことに、吉右衛門は今さらながらに気づいた。

なかなか炭は燃えなかった。

四

朝餉のあと、栄次郎は兄栄之進に呼ばれ、兄の部屋に行った。

差し向かいになってから、

「栄次郎。来月の市村座だが」

と、兄が切り出した。

「あっ、すみません。まだ、手配が……」

「いや、そのことより、吉右衛門師匠が降ろされたという話を耳にした。吉右衛門師匠が出ないとなれば、当然、そなたも出ないであろう」

「…………」

「どうした？」

「はい。今、そのような話になっています。けれど、これにはいろいろわけがありまして」

「栄次郎。この話は上役の奥様から聞いたんだ。そなたが、市村咲之丞の踊りの地方として出るというのでぜひ観たいと仰ったお方だ」

「はい」

「そのお方が、咲之丞の地方は杵屋吉寿一門になったという話を聞き及び、わしに教えてくれた」

「兄上。黙っていて申し訳ございません。これには、深いわけがあり、吉右衛門師匠は裏切りにあったのです」

「なんだか穏やかではないな」

「しかし、私はまだ諦めていないのです。咲之丞さんの踊りの地方は吉右衛門師匠でなければならないのです。残りの時間はありませんが、私は最後まで吉右衛門師匠を支えようと思っているのです」

「そのわけを話してくれぬか」

兄は一歩も引かないように促す。

「兄上だけの耳に留めておいていただけるのなら」

栄次郎は厳しく答える。

「このことが上役の奥様に伝われば、そこからまた話が他に伝わり、どんどん広がりましょう。そうなれば、吉右衛門師匠が復帰したときに、大きな障りになるかもしれません。兄上が、上役の奥様から問われても黙っていただけるものならお話しいたします」

「待て」

兄は制した。

「なまじ聞いては、上役の奥様から問われて黙っていられぬ。知らぬほうがいいようだ」

「申し訳ありません」

「いや。で、吉右衛門師匠の復帰は叶うのか」

「わかりません」

栄次郎は顔を苦痛に歪めた。

「でも、全力を尽くすつもりです。今、新八さんに調べてもらっています。新八さんが何かを摑んでくれたら……」

大和屋と吉寿の強い結びつきは芸の上のことではない。先代の吉寿にしろ、吉右衛門にしろ、大和屋は芸でひとを判断していたのだ。

だが、今回は違うと、栄次郎は思っている。吉右衛門の話からも、吉寿の三味線の腕が飛躍的に上達したということはないはずだ。それがあれば、大和屋もそのことを口にしたろう。

「栄次郎、そなたも何かと気苦労が絶えぬな」

兄が苦笑して言った。

「いえ。これが、私に与えられた定めでしょうから」

栄次郎は応じたが、吉右衛門は今や重大な危機に瀕している。せっかく築き上げた杵屋吉右衛門という地位を、いともあっさりと捨てようとしている。失うものは大きいはずだ。なぜ、吉右衛門ともあろうひとがそのことに気づかないのか。

いつか後悔する日が来るのは間違いない。

栄次郎は女だと思っている。最近は夜に外出することが多く、外泊までした。そのために、稽古に間に合わなかった。

今の吉右衛門は別人としか考えられない。吉右衛門を立ち直らせることが出来るかどうかわからない。いや、正直にいえば、難しい。

だが、最後までも諦めてはならない。栄次郎は気弱になる心を自分で叱咤した。

屋敷を出てから、湯島切通しを下り、御徒町を経て元鳥越町の吉右衛門の家にやって来た。格子戸を開けて、栄次郎は胸を衝かれた。

この時間なら稽古がはじまっていて、三味線の音が聞こえているはずだ。また、土間には弟子の履物がいくつもなければならない。

栄次郎は寂しい気持ちで部屋に上がった。

「どなたかな」

稽古場のほうから、吉右衛門の声がした。

「吉栄です」

栄次郎は答える。

「どうぞ」

「失礼します」

栄次郎は師匠の前に向かった。

「何をやりましょうか」

師匠が三味線を抱えた。

「越後獅子をお願いいたします」

「越後獅子？」

吉右衛門は不思議そうな顔をして、

「今さら、お浚いをすることはありますまい」

と、冷やかに言う。

「いえ、越後獅子で」

栄次郎は我を張った。

「そうですか」

吉右衛門は不満そうな顔をした。

越後獅子は来月の市村座で、咲之丞が踊り、吉右衛門が唄うことになっていた。そのことを思い起こさせようという思いがあった。

吉右衛門は三味線を抱え、撥を手にしたまま、固まってしまったように動かなかった。栄次郎は勝手に弾きはじめようかと思った。だが、最初は師匠の三味線に合わせて弾くのだ。

やがて、吉右衛門は三味線を脇に置いた。

「吉栄さん。お許しください。越後獅子は出来ません」

吉右衛門は頭を下げた。

「なぜ、ですか」

栄次郎は問い詰めるように言う。

吉右衛門は目を閉じた。頬が微かに痙攣(けいれん)している。栄次郎はほっとした。まだ、吉右衛門には屈辱の思いがあるのだ。越後獅子を唄えば、舞台を降板させられた惨めさが蘇(よみがえ)ってくる。

その思いがあれば、まだ救われる。栄次郎は勇気を得た。淡々として、稽古場を閉めると言ったときの態度からは諦念の心境に至ってしまったかと落胆したが、まだ吉右衛門の中に未練がある。

それがある限り、まだ立ち直れる。

「他に何か」

吉右衛門が促す。

「師匠はここを引っ越していかれるおつもりですか」

栄次郎も三味線を脇に置いてきいた。

「まだ、決めていません。決まったら、みなさんにお話ししたいと思います」

吉右衛門の目が微かに泳いだ。

「私の師は吉右衛門師匠しかおりません。吉右衛門師匠が必要とされるときが必ず参ります。どうか、早まった真似はなさらないでください」

「吉栄さん」

吉右衛門は苦しげな表情で、

「これからは吉寿を大和屋さんが支えて、芸の世界を盛り立てていってくれるはずです。私は一切を大和屋さんにお任せいたしました。吉栄さんのためにも、吉寿門下に入って精進なさることをお勧めいたします」

もはや吉右衛門の心は決まっているようだ。心の隅に残る未練や悔しさを今さら思い起こさせても意味がないと悟らざるを得ない。

栄次郎は絶望の淵に追いやられた。吉右衛門の心を奮い立たせるには、やはり大和屋と吉寿のつながりを探らねばならない。それがわかれば、吉右衛門は考えを改めるかもしれない。

いや、気になるのは女の影だ。吉右衛門が女との新しい生き方を選んだのだとしたら、大和屋と吉寿のつながりなどどうでもいいことかもしれない。

「師匠。きょうはこれで」

「お稽古はしないのですか」

「はい。また、明後日参ります。そのとき、ぜひ、越後獅子を」

吉右衛門の表情が曇った。

「失礼します」

吉右衛門が口を開きかけたが、栄次郎は気づかぬ振りをして立ち上がった。

「お帰りですか」

和助が顔を出した。

「ええ」

和助が目顔で何かを言う。

栄次郎は黙って頷き、土間を出た。

鳥越神社の鳥居を入ったところで待っていると、和助が小走りにやって来た。

「何かわかったのですか」

栄次郎は和助の悲しげな顔を見て、話の内容に想像がついた。

「きのう、師匠のあとをつけました。大和屋さんに寄り、それから柳橋の傍にある小体な家に入って行きました」

和助は深くため息をつき、

「女のひとがいました。一度、窓から顔を出した女のひとは三十ぐらいでしたが、とてもきれいなお方でした。近所のひとにきいたら、おはまという名だそうです。師匠が帰って来たのは夜の四つ（午後十時）です。師匠は、あの女と……」

和助は悔しそうに唇を嚙んだ。

「やはり、そうですか。師匠に女が……」

栄次郎には、吉右衛門が女に夢中になるとは意外であった。八方塞がりになって、女に逃げ道を求めたのであろうか。

「わかりました。私のほうでおはまという女のひとのことを調べてみます。柳橋ですね」

「はい。黒板塀に囲われた二階家です」

「さっそく、調べてみます。あなたは、何も気づかぬ振りをしていてください。おや、どうしました？」

和助が顔を歪めて突っ立っていた。

「あの家を出ようかと」

和助が声を震わせた。

「家を出る？」

「女に夢中になっている師匠なんて見たくないのです。これまでのようなお世話は出来ません」

激しい口調だったので、栄次郎は驚いた。

「和助さん。師匠は今、自分を見失っているのです。いつか、きっと目が覚めるときがきます。そのとき、あなたがいなかったら、師匠は途方に暮れるでしょう」

「そんな日がくるでしょうか」

「きます。必ず。今はそれを信じるのです」

「わかりました。もう少し、頑張ってみます」

和助はようやく表情を和らげ、引き上げて行った。

栄次郎はその足で、柳橋に向かった。

浅草橋の手前を左に折れ、柳橋の袂までやって来た。そこから黒板塀の二階家を探すと、一軒だけ見つかった。

おそらく、ここだろうと見当をつけたが、確かなことは言えない。栄次郎は近くにあった惣菜屋に顔を出し、

「ちょっとお訊ねします。この辺りに、おはまというひとの家はありませんか」

と、店番の中年の女にきいた。

「おはまさん……。確か、この並びの黒板塀の二階家に住んでいる女の人がおはまさんだったと思うけど。何度か、買い物にきたことがあったけど、きれないひとだね」

話し好きらしい店番の女は、声をひそめ、

「旦那は誰なんだい？」

と、きく。

「旦那？」

「お妾さんだろう。ときたま、渋い男がやって来るようだからね」

吉右衛門のことだ。

「おはまさんはいつからその家に？」

「一カ月ちょっと前かしらね」

「一カ月ちょっと前？　じゃあ、最近ですね」

「それまでは深川にいたという噂だけど」

「深川のどこです？」

「そこまでは知りませんよ。おや、お侍さんは、どんな関係なんだい？」

「私はあるひとから使いを頼まれただけなんです」

栄次郎は礼を言って引き上げた。

おはまは一カ月ちょっと前までは深川にいたらしい。ここに引っ越してきて、吉右衛門と知り合ったのだろうか。

栄次郎はおはまの家の前を通る。おはまが深川でどんな暮らしをしてきた女なのか、調べてみる必要があると思った。

柳橋を渡って、両国広小路に出た。きょうは風がある。しばらく晴天続きで、時折、風が埃を舞い上げた。

栄次郎は両国橋を渡った。

入船町にやって来た。おみつの友達が住んでいるところだ。

先日出会った、囲い者のおあきという女が、親切にもおみつの友達を探してくれると言った。

お秋と同じ名前なので、栄次郎はなんとなく親しみを覚え、もしかしたら探してくれているかもしれないと期待した。

栄次郎はおあきの家を訪ねた。黒板塀のいかにも妾宅という家だ。

格子戸を開け、奥に向かって呼びかけると、すぐにおあきが顔を出した。

「あら、栄次郎さん」

おあきは馴れ馴れしく言う。

「すみません。じつは、おみつさんの友達の……」

「ねえ、聞いて」

おあきは栄次郎の声を遮った。

「おみつってひとね。ここにやって来ていたんですってよ」

「えっ、ここに？　そういえば、おあきさんは半月前にこちらに引っ越してきたと仰っていましたね」

「ええ、そう。その前に住んでいたひとにおみつさんは会いに来ていたそうよ。なんという偶然かしら」

「じゃあ、おみつさんの友達はとうに引っ越していたというわけですね」

「そういうこと」

「引っ越し先はわからないでしょうね」

「ええ。残念ながら」

「で、名前はわかりますか」

「おはまさんです」

「おはま？」

栄次郎は思わずきき返した。

「ええ、材木問屋の旦那の世話を受けていたけど、旦那が死んで、ここを出て行ったらしいわ。自分の家の近くに妾を住まわせるなんて、すごい旦那ねえ」

おあきは呆れたように言う。

「旦那はどうして亡くなったんですか」

「急病らしいわ」

「急病……」

「ええ。それが、この家で亡くなったんですって」

「この家で？」

「いやねえ。でも、病気だったらしいからよかったけど。これが、変な死に方だったら、薄気味悪いもの」

おあきは細い眉根を寄せた。

栄次郎はきいた。

「どこの旦那かききませんでしたか」

「調べればすぐわかると思うけど。今度来るまでに調べておいてあげるわ。ねえ、それより、お上がりなさいな」

「とんでもない。旦那に誤解されたら困るでしょう」

「あら、意気地なしね」

おあきはいたずらっぽい目を向け、

「まあいいわ。旦那のことや、なんで亡くなったか調べておきます。また、二、三日したらきて」

「すみません。助かります」

おあきの家を出てから、栄次郎は厳しい顔になった。

おみつの友達と吉右衛門の女が同じ人間だったことに戸惑いを覚える。すぐにおはまに会いに行きたいが、吉右衛門とのことがある。

まず、吉右衛門におはまのことを確かめ、その上でおはまに会いに行くようにしなければならないだろう。

おはまがおみつの行き先を知っているかどうかわからないが、何か手掛かりがわかるはずだ。

念のために、栄次郎は入船町の自身番に寄り、南町与力の崎田孫兵衛の名を出して、

「一カ月以上前に、おはまという妾宅で、旦那が急死したと聞きましたが、間違いないのでしょうか」

と、訊ねた。

「そういうことがありました」

家主が答える。

「お亡くなりになったのはどなたなのですか」

「木場の『吉野屋』の旦那ですよ。大柄で、丈夫そうなお方でしたがねえ。ただ、以前から、なんとなく体の具合がよくなかったそうです」

「死因は？」

「心の臓がいけなかったそうです」

「そうですか」

礼を言って、栄次郎は自身番を出た。

それから木場に向かう。材木置き場があちこちにあり、堀には材木が浮かんでいる。

『吉野屋』はわかったが、番頭に声をかけても急死した旦那のことは教えてくれなかった。妾のところで死んだことで、誰もが触れようとしなかった。

死に方が死に方だったので、簡単には事情を聞けない。やはり、孫兵衛の手を煩わせよう。そう思って、栄次郎はお秋の家に向かった。

五

夕方に、吉右衛門がおはまの家に行くと、土間に赤い鼻緒の下駄があった。おはまのものではない。

「いらっしゃい」

おはまが出て来た。

「どなたか来ているのか」

吉右衛門はきいた。

「私の友達です。久し振りに訪ねてきてくれたんです」

吉右衛門が茶の間に行くと、おはまより少し若い女がいた。一瞬、何かを感じた。それが何かわからない。ただ、決して心地好いものではなかった。

「おみつさんよ」

おはまは女と引き合わせた。

「吉右衛門です。おはまに、このような友達がいたなんて」

「隠していたわけじゃないんですよ」

おはまが笑う。

「すみません。突然、お邪魔して。私も深川にいたんです。八幡様にお参りに行ったときに知り合い、それから仲良しに」

吉右衛門は注意深く、おみつの顔を見た。さっき感じたものは、どこにもなかった。気のせいだったのかもしれない。

「そうですか」

ふたりとも同じような境遇だったのであろう。

「おみつさんにはたいそうお世話になったんです。もし、おみつさんがいなかったら、今の私はなかったかもしれません。私にとって、おみつさんは恩人なんです」

おはまは心底ありがたそうに言う。

「そんな」

おみつは恥じらいを見せた。

「そうですか。私からも礼を言いますよ。これからも、おはまのことをよろしくお願いいたします」

「こちらこそ」

おみつは頭を下げ、

「どうか、おはまさんをお大切になさってください。こんないい方、他にはいませんわ」

　おみつは真顔で言う。

「はい。必ず」

　思わず、吉右衛門は畏まって答えた。

「では、そろそろ」

　おみつが帰り支度をした。

「もう帰るのですか。まだ、いいではありませんか」

　吉右衛門は引き止めた。

「ほんとうはもっと早く帰るつもりだったんですよ。でも、吉右衛門さんが来ると言ったら、挨拶だけでもしてからと待っていたんです」

　おはまが言う。

「そうでしたか」

「また、今度、ゆっくり寄せていただきます」

　おみつはおはまに顔を向け、

「おはまさん。よかったわ。こんな素敵なお方と。私もうれしいわ」

「ありがとう。おみつさんも……」

　おはまは言葉を濁したが、おみつには通じたのか、

「そのときはお願いね」

　と、おみつが微笑んだ。

「ええ。安心して」

　おはまが応じる。

「ありがとう。思い切って来てよかったわ」

　おみつはおはまの手を摑んだ。

「では、失礼します」

　おみつは吉右衛門に頭を下げた。

「ちょっと、そこまで見送ってきます」

　おはまはおみつと出て行った。

　おはまに仲のよい友達がいてよかったと思う反面、何かしっくりいかないものがあった。突然、現れたおみつのことを何も聞かされていなかったことが引っかかっているのだ。それほど親しいなら、話に出てきてもよさそうだった。

　やはり、唐突に現れたという思いが強い。つまり、自分はおはまのことを何も知ら

ないのだ。

おみつのことを隠していたわけではないことはわかる。しかし、言わなかったということは、これからの吉右衛門との暮らしの中で、おみつのことはそれほど重要ではなかったからではないか。

考えすぎだろうか。なんで、深川時代の友達が訪ねてきただけで、このようにいらだつのか。吉右衛門は自分の心をありように困惑していた。

深川時代のことをきいてみようと待ち構えていると、おはまが戻って来た。

「帰って行きました」

おはまが言ってから、顔をしかめ、

「見送りに出たら、外に変な男が様子を窺っていました」

と、切り出した。

「変な男？」

「若い男です。二十二、三歳かしら。おとなしそうな顔なんですけど……」

「あっ」

思わず吉右衛門は声を上げた。

「心当たりが？」

「うむ。たぶん、内弟子の和助だ」

「内弟子？」

「そうだ。あとをつけて来たのだ。どうも、最近、和助の態度がおかしいと思ってい
た。そうか、私のあとをつけたのか」

吉右衛門は不快になった。

だが、和助の不信は無理もないと思い至って、怒りにはならなかった。きょうまで
おはまのことを隠し続けたことこそ、責められるべきかもしれない。

稽古場を閉めることにした裏に、おはまとのことがあったとは言いづらかったが、
いつか言わねばならないことだ。

だが、和助がこのまま家に帰り、他の弟子に言いふらされても困る。

「おはま」

「はい」

「私は帰って和助と話し合わねばならなくなった」

吉右衛門は厳しい顔で言う。

「近々、私は弟子たちにおまえとのことを話すつもりだ。きっと非難されるだろう。
だが、わかってくれる者もいるはずだ」

「はい」

「しかし、その前に和助から勝手なことを話されていては誤解を招く。これから、いったん家に帰る」

「はい」

「夜、遅くても来るつもりだ」

「わかりました」

吉右衛門はおはまの家を出て、元鳥越町に急いだ。

深川時代のことを訊ねる機会を失したが、今は和助の説得のほうが大切だった。


家に帰ると、和助が唖然とした。

「師匠……」

「和助。話がある」

吉右衛門は部屋に上がり、和助を稽古場に呼んだ。

差し向かいになってから、

「和助。さっき、柳橋の家の前まで来ていたそうだな」

「はい」

一拍の間があって、和助は答えた。

「私のあとをつけたのは、おまえの考えか。どうなんだ？」

「……………」

「怒っているわけではない。ただ、このことを知っているのが誰かを知りたいだけだ」

和助の表情が微かに動いた。

「誰かに言われたのではないか。おまえが、自分の一存でそんな真似をするはずがない。誰だ？」

「師匠のことが心配で」

「わかっている。誰なんだね」

「吉栄さんです」

「やはり、そうか」

栄次郎ではないかという吉右衛門の想像は当たっていた。そこまで気がまわるのは栄次郎しかいないだろう。

「で、おまえと吉栄以外にこのことを知っているのは？」

「いえ、おりません。吉栄さんが他のひとには秘密にするようにということでしたので」

「そうか。折りをみて、みなに告げようと思っていたところだ。和助に知られたのは計算違いだったが、私がみなに話すまで黙っていておくれ。いいね」

「はい」

「話はそれだけだ」

「師匠。師匠はいいんですか」

和助は身を乗り出して言う。

「何がだ？」

「杵屋吉右衛門という名を捨てて」

「和助。これも運命だ。運命に逆らえはしない。私を慕ってくれているお弟子さんたちには申し訳ないと思っている。だが、吉寿のところで新しくやりはじめるのだ。大和屋さんという強い後援者がいるのだ。こんなに心強いことはない」

「そんなんじゃありません」

和助はぼそっと言う。和助の言いたいことはわかっている。吉右衛門の芸に惚れて師事してきたのだと言いたいのだろう。

「和助。昔のことにとらわれず前を向いて行くのだ」

和助はうなだれている。

「もういい。下がりなさい」

「師匠」

和助がふいに顔を上げた。

「師匠のおつきあいしている女の方といっしょに家から出てきた女は誰なんですか」

「おまえには関係ない」

「そうですが、ちょっと気になったので」

「気になった？」

「はい。外に出てきたとき、いっしょにいた女のひとの顔がとても怖い感じがしたんです。口ではうまく言えないんですが、ぞっとするような冷たい表情をしていました。それに、おつきあいしている女の方の表情がとても暗かったのです」

「まさか。そんなはずはない。おまえの勘違いだ」

ふたりはとても楽しそうに話していた。ほんとうの姉妹のようだった。おはまが暗い表情をするはずはない。

そう一笑に付したが、心の中にもやもやしたものが残った。あのとき、何かしっくりしないものを感じたのだ。

ほんとうに親しい友達なら、事前に話が出ていてもおかしくない。それに、なんの前触れもなく訪ねてきたことも気になる。

吉右衛門は立ち上がり、和助を呼んだ。

「出かけてくる。柳橋だ。明日の朝、帰る」

吉右衛門は一方的に言い、家を出た。


夜道を柳橋に向かった。

胸のわだかまりが消えない。いや、ますます大きくなっているようだ。なぜだろうか。そう思ったとき、突然やって来た理由だ、と思った。

近くに来たからか、懐かしくなったからか、そのような理由だろうか。何か他の目的があってやって来たのではないか。

吉右衛門はそのことばかり考えながら、おはまの家の格子戸を開けた。

「よかった。来てくださって」

おはまは着替えを手伝いながら言う。

「ああ、和助に釘を刺して、すぐに飛んできた」

「だいじょうぶでしたか」

「ああ、問題はないよ」

吉右衛門は安心させるように言う。

「今、燗をつけますね」

ちろりに酒を移し、長火鉢に置く。

「友達のおみつさんはどこに住んでいるんだね」

吉右衛門はさりげなくおみつを話題に出した。

「今戸(いまど)のほうよ」

酒の支度をしながら、おはまは答える。

「どんなひとなんだね」

「どんなって？」

「やはり、誰かの世話になっているのか」

「ええ」

「なぜ、深川から今戸に引っ越したんだね」

「さあ、私もよく知らないんです。ご亭主の都合だと思いますけど」

「亭主がいるの」

「ええ」

「何をしているんだ？」

「紙の仲買人だとか言ってました。買い付けのために江戸を離れることが多くて、そんなとき私のところに遊びに来ていたんです」

「そうだったのか」

「さあ、どうぞ」

おはまが酒を注いでくれた。

おみつに特に怪しいことはないようだ。やはり、考えすぎかもしれない。酒を喉に流し込んだが、今夜は辛く思えた。やはり、まだ、気持ちがしっくりしていないからだろう。

和助が見たというふたりの表情の違いが気になる。もちろん、和助の錯覚ということもあり得るが、吉右衛門も最初に見た印象に何か不快に近いものを感じたのだ。

「どうかなさいましたか」

おはまが怪訝そうにきいた。

「おみつさんはなぜ急におはまに会いに来たんだね」

答えるまで、間があった。

「急に会いたくなったって言ってました。懐かしくなったんでしょうね」

「そうか」

「なぜ、おみつさんのことをそんなにお訊ねになるのですか」

おはまが眉根を寄せてきいた。

吉右衛門は猪口を口に運んでいっきに呑み干してから、

「正直に言おう。気にしないでくれ」

「はい」

「なんだかいやな感じがするのだ」

「いやな感じ？　おみつさんがですか」

「友達のことを悪く言うようで気がさすのだが、おみつさんには何か……」

吉右衛門はあとの言葉を呑んだ。

「何ですか」

「うまく言えないが、不吉なものを感じる」

「…………」

おはまの表情が曇った。

「すまない。気を悪くしたら許してくれ」

あわてて、吉右衛門は言う。

「いえ、そんなんじゃありません」

おはまは首を横に振った。

「ただ、おみつさんはとても苦労してきたから、そんなところが雰囲気に出てしまうのかもしれません」

「おはま。正直に答えておくれ」

吉右衛門は猪口を置いて、おはまの顔をまっすぐ見つめた。

「なんでしょう」

「おみつさんは、おまえに何かいやな申入れをしにきたのではないのか」

「…………」

おはまの顔色が変わった。

「そうなんだね」

「いえ、そうじゃありません」

「隠さなくていい。ひょっとして借金の申入れではないのか。おみつさんにはたいそう世話になったと言ったね。もし、おみつさんがいなかったら、今の私はなかったかもしれません。私にとって、おみつさんは恩人なんだと」

借金の申入れにきたのではないかと、吉右衛門は思った。

「いえ、違います。おみつさんはそんなひとではありません。亡くなったご亭主はかなりお金を貯め込んでいたそうですから、お金の心配はありません」

おはまはおみつの肩を持った。

「おみつさんにどんな恩誼(おんぎ)があるのだね。おみつさんがいなかったら、今の私はなかったかもしれないというほどの恩とは何かね」

吉右衛門はつい問い詰めるような口調になった。

「口では言えないほどの恩です」

「口では言えないとは？」

「一口では言えないという意味です」

「おはま。何か私に隠していることがあるのではないのか。私たちの間に隠し立ては無用だ」

「お願いです。いましばらく、待って」

「今、言えないのだね」

「すみません」

「やはり、おみつさんとのことだね」

「…………」

「私は不安なのだ。おみつという女が私たちの仕合わせを壊しにきたような気がして」

「いやです。そんなの」

いきなり、おはまが吉右衛門の胸に飛び込んできた。

「私を離さないで」

おはまは泣きながら訴えた。

「おはま」

肩を抱く腕に力を込めながら、吉右衛門は前途に黒い靄のようなものが立ち込めてくるのを感じていた。

第四章　恋の終わり

一

翌日、東の空がしらみはじめて、栄次郎は刀を持って庭に出た。薪小屋の横にある枝垂れ柳のそばに立った。ここで、素振りをするのが日課だった。

子どものときから田宮流居合術の道場に通い、二十歳を過ぎた頃には師範にも勝る技量を身につけていた。三味線を弾くようになってからも、剣の精進は怠らなかった。

自然体で立ち、柳の木を見つめる。栄次郎は深呼吸をし、心気を整える。だが、栄次郎は心が乱れていた。

小枝が揺れた。栄次郎は左手で鯉口を切り、右手を柄にかけ、右足を踏み込んで伸び上がるようにして抜刀した。

だが、小枝の寸前でいつものように切っ先を止めることは出来なかった。心の迷いを吹っ切るように、改めて試みる。

半刻（一時間）以上経ち、栄次郎は大きく深呼吸をして素振りを終えた。額から汗が滴（したた）ってくる。

井戸端で体を拭きながら、栄次郎はまたも吉右衛門が忍び会っている女おはまとおみつのつながりを考えた。

やはり、おはまに会う前に吉右衛門に話を通すべきであろう。しかし、おみつのことを何と説明するか。

亭主が草津の丹治という盗賊の手下だと正直に話すべきか。そんな男の妻女と親しい女がおはまだということを聞いて、吉右衛門はどう思うだろうか。

朝餉のあと、女中がやって来た。

「新八さまがお出でになりました。外でお待ちになるそうです」

「わかった。ごくろう」

兄はゆうべは宿直（とのい）でまだ城から戻っていない。栄次郎は母に挨拶をして、出かける支度をして玄関に向かった。

門の傍で、新八が待っていた。

「お待たせしました」

栄次郎が声をかけると、

「すみません、朝早くから」

と、新八が応じた。

ふたりで外に出る。

「何かわかりましたか」

「それが……」

新八は渋い顔で、

「吉寿師匠と大和屋が深く関わる理由が見つかりません。古い弟子に近付いてみたのですが、ふたりの間に以前と比べて特に変わったことはないということです。なぜ、急に大和屋さんがうちの師匠に肩入れをしだしたのかわからないと言ってました」

「大和屋のことでは、お弟子さんも不思議に思っているのですか」

「ええ。何か、唐突な感じだと言うことでした」

「そうですか」

加賀前田家の脇を湯島に向かう。

「ふたりが、弟子たちにわからない場所でこっそり会っているのかとも思い、吉寿師匠の出かける先をつけましたが、一度も外で大和屋とは会っていません」

新八は困惑したように言う。

「なるほど」

「すみません。お役に立てず」

「いえ、そんなことはありません。今のお話で、だいぶわかりました」

「えっ？」

「吉寿師匠と大和屋が深く関わる理由が見つからないというのは、ふたりの間にはそういう理由がなかったということです」

「…………」

「新八さん。もしかしたら……」

「なんですか」

「吉寿師匠のおかみさんに注意をしてもらえませんか」

「おかみさん？」

「ええ。先代の娘さんです。確か、おひでさんといいました」

吉栄の名をもらったとき、栄次郎は吉右衛門とともに、吉寿師匠のもとに挨拶に行ったことがある。そのとき、おひでも吉寿の横にいた。

「まさか、おかみさんと大和屋が……」

新八は驚いて言う。

「念のためです。おかみさんが外で誰と会っているか、調べてください」

「わかりました」

湯島に出て途中で新八と別れ、栄次郎は元鳥越町の吉右衛門の家に行った。

三味線の音は聞こえてこない。栄次郎は格子戸を開けた。

和助が出てきた。

「師匠はゆうべ出かけたきりです。朝帰ってくると言って出かけたのですが」

「そうですか」

「吉栄さん」

和助が厳しい表情を向けた。

「師匠に気づかれました」

「気づかれた？」

「柳橋の家の前で、おはまさんに顔を見られました。師匠にすぐに告げたらしく、師匠が戻って来て、まだ、誰にも言うなと。あっ、吉栄さん。お上がりください」

「わかりました」

栄次郎は腰から刀を外して部屋に上がった。

和助は改めて、きのうの様子を話した。

「師匠は自らそのおはまという女とのことを認めたのですね」

話を聞き終えてから、栄次郎は確かめる。

「はい。近々、みなに話すと仰ってました。でも、私はおはまというひとが心配なんです」

「心配というと?」

「柳橋の家の前で、おはまさんに顔を見られたとき、もうひとり女のひとがいたのです」

「女?」

栄次郎ははっとした。

「どんな女ですか」

「二十七、八歳です。きれいな顔立ちでしたが、なんだかとても怖い感じがしたんです。口ではうまく言えないんですが、ぞっとするような冷たい表情でした。おはまさんはとても暗い表情でした」

おみつではないか。おみつは盗賊の茂三の妻女だ。怖い感じがしたというのは、危険な男といっしょに暮らしていた凄味みたいなものが滲み出ていたのかもしれない。

だが、おはまと会っているときに、ぞっとするような冷たい表情をしていたというのはどうしてだろうか。

京橋の『旗野屋』に現れたおみつに、店の者は和助が感じたような印象は持っていなかったようだ。

別人なのだろうか。

「吉栄さん。おはまって女は何者なんでしょうか。ほんとうに、師匠にふさわしい女なんでしょうか」

「吉右衛門師匠は酸いも甘いも嚙み分けたお方です。その師匠が女を見る目に間違いがあるはずはないと思います。ただ、大和屋さんからの裏切りに近い仕打ちを受けて傷ついて心が弱っているときに出会った女だということが気になります」

「でも、もう、周囲がとやかく言っても無駄な気がします」

和助は嘆いた。

「和助さん。まだ、諦めてはだめです。いいですね」

栄次郎はもう一度、和助に念を押した。

「はい」

和助は寂しげな表情で頷いた。

それから、栄次郎は深川に行った。

ゆうべ、お秋の家で孫兵衛に会って、木場の『吉野屋』が亡くなったときのことを調べてもらおうとしたが、孫兵衛は栄次郎が自分で調べたほうがいいと言った。その代わり、自分の名を出していいと。

確かに、栄次郎の目で見ないと、見落としがあるかもしれない。そう思い、栄次郎は自分で出向くことにした。

『吉野屋』の広い土間に入り、印半纏（しるしばんてん）の男に声をかける。

「ご主人にお会いしたいのですが。私は、南町の崎田孫兵衛さまの使いで参った矢内栄次郎と申します」

「崎田さま……。少々、お待ちを」

男は番頭らしき風格の男のそばに行った。番頭らしき男がこっちにやって来た。

「崎田さまのお使いだそうですが、ご用件は？」

半ば、突き放すような言い方だ。

「ひと月以上前に、こちらの大旦那がお亡くなりになったそうですね。そのことで、お話をお伺いしたいのです」

「大旦那のこと？」

　番頭は眉根を寄せ、

「今さら、大旦那のことできかれても……」

「ほんとうは、大旦那が世話をしていたおはまというひとのことで確かめたいことがあるのです。崎田さまがこちらにやって来て、何かの調べだと勘繰られたらお店に迷惑がかかる。それで、私が代わりにやって来ました。でも、崎田さまでなければ、話せないというなら、改めて崎田さまに来ていただきます」

　栄次郎はわざと立ち去ろうとした。

「お待ちください。旦那にきいてきます」

　番頭はあわてて奥に向かった。

　すぐに戻ってきて、

「どうぞ。こちらに」

と、案内する。

　広い庭に面した座敷に通された。さすが、材木商の羽振りはいい。札差と肩を並べる豪商だ。

しばらくして、細身の三十前後の男がやって来た。色の浅黒い、きりりとした顔立ちだ。自信に漲っているようだ。

「父が囲っていた女のことだそうですが」

向かいに座るなり、名乗ることなく、切り出した。『吉野屋』の主人のようだ。

「はい。おはまさんのことです」

「私はよく知りませんよ」

「知っている限りで構いません。大旦那はおはまさんをどこでお見初め(みそ)になったのでしょうか」

「仲町の料理屋ですよ。おはまは料理屋の女中をしていたのを、父が見初めたようです。病気の母親の面倒をみながら料理屋で働いていたそうです。父がだいぶ援助してやったと聞いています。そんなことから、父の妾になることを承知したんでしょう」

「入船町だなんて、ずいぶん近所に住まわせたのですね」

「母も亡くなり、気兼ねすることもなかったのでしょう。ほんとうは後添いにしたかったのでしょうが、我らが反対しました」

「反対?」

「ええ、いくら何でも家に入れるわけにはいかないのでね。なにしろ、父も歳です。父が亡くなったあとのことを考えたら……」

「何年ぐらい、入船町の家に？」

「一年半ぐらいですよ」

「おはまさんにお会いしたことは？」

「父の葬式のときに」

「大旦那は病気だったのですか」

「いえ。体は丈夫でした。年の割には若いほうでした」

「では、なぜ？」

「三カ月ぐらい前からだんだん具合が悪くなっていったんです。痩せだして。医者は原因はわからないと言ってました。

　具合が悪くなってから二カ月足らずでいけなくなりました。女の家で倒れてそのまま」

「そうですか」

　栄次郎は何か引っかかった。

「それから、おはまさんはどうしたのですか」

「いちおう、まとまったお金を渡し、あの家を引き払ってもらいました」

「今、どこにいるかわかりますか」

「柳橋にいるようです。一度、うちの若い者に様子を見に行かせました」

「様子を？」

「はい。一度、あとからお金を要求してきたことがあったんです。そのとき、もう二度と関わるなと言って金を渡したので……」

「そうですか」

おはまはしたたかな面も持ち合わせているのかもしれない。

「おはまさんに身寄りは？」

「いないと思います」

その後、いくつか確かめてから、

「大旦那を診た医者は？」

「入船町の源安(げんあん)です」

栄次郎は礼を言って、『吉野屋』を辞去した。

帰り、栄次郎は入船町にある町医者源安のところに寄った。

源安は『吉野屋』の大旦那の死因について、わからないと言っていたが、栄次郎があることを口にすると、そうかもしれないと答えた。

　栄次郎は深川から京橋に行った。

　薬種問屋『旗野屋』の主人と会った。

「父の行方はわかりそうですか」

「女の行方はつかめそうです」

「そうですか」

　旗野屋は沈んだ声で答えた。女が見つかったとしても、惣兵衛は生きて帰ってくることはないと思っているのだ。

「つかぬことを伺いますが、惣兵衛さんがいなくなったあと、毒薬などなくなっていることはありませんでしたか」

「毒薬……」

　旗野屋が顔色を変えた。

「まさか、父が毒薬を?」

「わかりません。ただ、念のために」

「確かに、いくつかの毒薬の量が減っていました。でも、父が持って行ったとは

「……」

旗野屋は困惑したように言う。

「ちなみに、どんな毒薬でしょうか」

「石見銀山です」

「鼠取りの？」

「はい。砒素です」

「砒素」

栄次郎は『吉野屋』の大旦那は砒素を呑まされていたのではないかと想像した。町医者の源安は毒死も考えられると言っていたのだ。

おはまがどうやって砒素を手に入れたか。言うまでもない、おみつからだ。そして、おみつは惣兵衛からもらったのだ。

なぜ、おみつが深川から遠い京橋の薬種問屋まで足を運んだのか。毒薬を手に入れるには、出来るだけ遠い場所の薬種問屋を選んだということだ。

栄次郎はそのことに間違いないような気がした。

『旗野屋』を出て、栄次郎はおみつがなぜそこまでしたのかと考えながら、浅草黒船町に向かった。

二

お秋の家で、栄次郎は崎田孫兵衛がやって来るのを待った。

最近、まったく三味線を弾いていない。こんなことではいけないと思いつつ、稽古に身が入らない。

暗くなって、ようやく孫兵衛がやって来た。

「崎田さま。少し、見えてきました」

「そうか。まあ、酒を呑みながらきこう」

「いえ。ちょっと大事な話にもなりますので、お酒が入る前に」

「うむ」

孫兵衛は何かを察したように表情を引き締め、

「聞こう」

と、促した。

「まず、おみつの友達のおはまは、材木商『吉野屋』の大旦那の世話を受けていました。その大旦那がひと月ちょっと前に亡くなりました。病死ということですが、死因はわかりません。もともと丈夫だったのに、三カ月ほど前から急に衰えが目立ってきたそうです」

「死に方に不審が？」

孫兵衛は険しい表情できいた。

「はい。私は何か毒を盛られたのではないかと思いました」

「毒？」

「砒素です。医者の話では、毎日、少しずつ砒素を呑まされていたとしても、同じような症状で亡くなると思うと話してました」

「…………」

孫兵衛は目を剝いている。

「しかし、砒素を呑ましたという証はありません。仮に、そのことがわかっても、おはまが呑ましたという証はありません」

「だが、おはましか考えられぬ」

「はい。私もおはまの仕業だと思います」

「だが、おはまはどうやって砒素を手に入れることが出来たのだ？　石見銀山鼠取りをたくさん買ったのか」

「いえ。そのような事実があれば、疑われましょう」

「では、どうやって手に入れた？」

「おみつです。おみつが、わざわざ遠い京橋の薬種問屋まで行ったのは、そのことを周囲に知られたくなかったからでしょう」

あくまでも想像ですがと、栄次郎は話を続ける。

「おみつはお蝶と名乗って『旗野屋』に行き、癪の薬を求めた。何度か通い、店に信用させてから何らかの口実を作って砒素を売ってもらおうとした。その頃、惣兵衛と親しくなった。おみつは改めて惣兵衛に砒素を頼んだんです。おそらく、惣兵衛の同情を引くような口実で迫ったのでしょう。老いらくの恋に落ちた惣兵衛はおみつの言いなりになったと思います」

「そうか」

孫兵衛は顔をしかめ、

「惣兵衛はひと殺しに手を貸したのか」

「惣兵衛さんは騙されたのかもしれません」

「そう思いたい。だが、そのために口封じで殺されたのだろう」

孫兵衛は暗い表情をした。

「いえ、そうではないかもしれません」

「どういうことだ？」

「おみつが、おはまの旦那を殺すためだけに、惣兵衛と親しくなってまで砒素を手に入れたとは思えないのです。砒素を手に入れるためには、おみつはかなり危険を犯しているはず。やはり、自分のためだから、出来たのではないでしょうか。そして、同時におはまを助けることが出来ると」

栄次郎はため息をつき、

「おみつとおはまは同じような境遇にあったのではないでしょうか。つまり、おはまが旦那から逃げ出したいと思っていたように、おみつも亭主の茂三から逃げ出そうとした。そのきっかけが、草津の丹治が殺され、他の手下も捕縛されたことだと思います。この機に、おみつは茂三から逃れようとしたのです。ですが、逃げても茂三は必ず追ってくる。だから、殺すしかないと」

「では、おみつは亭主の茂三を毒殺したと言うのか」

「おそらく」

栄次郎はすでに茂三は死んでいるのだと思っている。

「茂三は、草津の丹治が八州廻りに襲撃されて殺されたと聞いて、すぐに事実を確かめるために江戸を発ちました。この留守の間に、おみつはかねてからの企てを実際に行なったのです。毒を手に入れて、茂三の帰りを待った」

「茂三を殺したにしても死体は見つかっていない。死骸はどこにあるのだ？」

「崎田さま。亀久町のおみつが住んでいた家の床下を調べることは出来ませんか」

「なに、床下？」

「そうです。茂三は町方の目を用心して、誰にも見られないように注意して帰って来たはずです。そこで毒殺をし、床下に埋めたら……」

「見つからんだろうな」

孫兵衛は顔をしかめ、

「だが、床下を掘るとなると、すでに他の人間が住んでいるんだ。どう納得してもらうか、難しいな」

「もし、死体が埋められていたら、死骸の上で寝ていることになるんです。そのことを話したら……」

栄次郎も難しいことがわかっている。だが、茂三の死骸が床下にあると思っている。

「しかし、死骸があればいやな匂いがするだろう。そのような苦情があっただろうか」

「土を掘って埋めたら?」

「女ひとりの手では余る。惣兵衛でも手伝えば……」

「そうだ。亀久町ではありません。本湊町です。惣兵衛が借りた家です。おみつは亀久町の家に帰って来た茂三を言葉巧みに本湊町の家に連れて行ったんです。この家に岡っ引きがやって来たと言えば、茂三は驚いておみつの言いなりになるのではないでしょうか」

「………」

「本湊町の家は、惣兵衛とおみつが逢引きをするためと同時に死骸を隠す目的で借りたのでありますまいか」

「うむ」

孫兵衛は唸った。

「惣兵衛とおみつが本湊町の家を離れたのは、茂三の死骸を埋めたからではないでしょうか」

「では、惣兵衛とおみつがつるんで茂三を殺したということになるのか」

「………」

栄次郎は返事が出来なかった。

「よし。明日、さっそく手配しよう」

「お願いいたします」

「なんだか、いやな結末になりそうだな」

孫兵衛は深くため息をついた。


翌日、栄次郎は本湊町の惣兵衛が借りていた家にやって来た。

ゆうべは孫兵衛に対して自分の考えを述べたが、ほんとうに茂三の死骸が埋まっているかどうかわからない。

もし、埋まっていなかったとしたら、栄次郎の考えは根底から崩れ去ってしまうかもしれない。

すでに同心や奉行所の小者、それに町役人らが集っていた。栄次郎は奉行所の人間の作業を眺めるだけだ。

すでに、新しい住人が住んでいた。隠居した夫婦者で、死骸が埋まっているかもしれないことに、衝撃を受けたようで、男のほうは腰を抜かしてしまったらしい。

この界隈を縄張りとしている定町廻り同心の指揮の下で、作業がはじまった。いつの間にか、隣りに孫兵衛が来ていた。

お秋の家で会う孫兵衛とは別人のように厳しい顔つきで、

「はたして、出てくるか」

と、不安そうに言った。

「もし、出てこなかったら、わしの立場がない。どうだ、出てくるかな?」

孫兵衛は安心したいのか、栄次郎にすがるようにきいた。

「わかりません」

「わからんだと」

孫兵衛は苦笑し、

「そうやってわしを脅そうとしているのだろう。ゆうべは自信たっぷりだったではないか。きのうの鼻息はどうした?」

「はあ」

作業をはじめて半刻(一時間)ほど経った。まだ、死骸を発見したという知らせはなかった。

孫兵衛はだんだん口数も少なく、今は口を閉ざしていた。

定町廻り同心が孫兵衛の前にやって来た。

「台所だけでなく、畳も上げて床下を調べましたが、何もありません」

「そうか」

「これから庭を調べてみますが、庭は草木が多く、ひとを埋めるような場所は少ないようです」

そう言い、同心は戻って行った。

「やはり、出そうもないな」

孫兵衛が恨みがましい目を向けた。

なぜ、惣兵衛はこの家を借りたのか。惣兵衛はおみつの頼みをきいて、茂三殺しを手伝ったのだ。

茂三の死骸を始末する目的で、この家を借りたのではないか。つまり、死骸を隠すにふさわしい何かがあったのだ。

だから、この家を借りたのだ。死骸を隠すにふさわしい場所とは何か。

「崎田さま。この家の家主に話をききたいのですが」

「家主？　あそこにいる男だ」

作業を見守っている羽織姿の男を指さした。

栄次郎はその男に傍に行った。

「家主さんですね」

「そうです」

「惣兵衛さんがこの家を借りようとした決め手が何かわかりますか」

「さあ、そこまでは？」

「この家のことで何かききませんでしたか。庭に池があるかとか、なん部屋あるかとか、何でもいいのですが」

「惣兵衛さんが何をきいたか覚えていません」

「すぐに、この家を気に入ったのですか」

「いや、最初は迷ってました」

「では、やはり、自分が気に入る何かがあったんじゃないでしょうか」

「さあ」

家主は首を横に振った。

しばらくして、作業をしていた男たちが家から出てきた。

「庭にも見つかりませんでした。土を掘った形跡もありません」

同心が孫兵衛に伝えた。

栄次郎はそんなはずはないと思った。惣兵衛がこの家を借りた大きなわけがあるはずだ。最初から、茂三の死骸を隠す目的で家を借りたのだから……。

だが、現実に見つからなかったのだ。

「栄次郎どの。お聞きのとおりだ」

孫兵衛が怒ったように言う。

「はい」

栄次郎は頭を下げるしかなかった。

そのとき、さっきの家主が近寄ってきて、

「思い出しました。古井戸です」

と、訴えるように言った。

「使われていない古井戸があると言ったら、急に家を見せて欲しいと言い出したのを思い出しました」

「古井戸はどこにあるのですか」

「庭です」

「庭にはそんなものありませんでした」

同心が否定する。

「いえ、ありました。庭の北の隅です」

家主が言い張る。

「そこに案内してくれませんか」

栄次郎は家主に頼んだ。

「わかりました」

家主の案内で、裏口から庭に入った。

おやっと、家主が首を傾げた。

「ここにあったのですが」

北の隅に、雑草が生えているこんもりとした場所があった。探索した形跡はない。

「すみません。ここを掘ってみてくれませんか」

栄次郎は頼んだ。

小者たちが鍬や鋤で土を掘った。やがて、石ころが出てきた。

「あっ、ここです。古井戸です」

小者のひとりが叫んだ。

「よし。石をどけろ」

同心が命じた。

それから四半刻（三十分）近くかけて石をどけ、古井戸が姿を現した。穴の中はまだたくさんの石で埋められている。その石も除けていった。

陽が傾き、庭に影が出来た。庭には大量の石が積まれていく。

動きがあったのは、それから間もなくだった。

「ありました」

井戸の中から声がした。

やがて、男の死骸が引き上げられた。一部、白骨化しているが、三十過ぎの男だとわかった。

「出たか」

孫兵衛が唸った。

「茂三かどうか、顔を知っている者に確かめさせてください」

栄次郎は言う。

「亀久町の住人に確かめさせよう」

「はい」

栄次郎は古井戸を覗き、驚きを禁じ得なかった。

この古井戸は使われなくなって石を投じて埋められたものだ。その石を、惣兵衛とおみつのふたりで毎日、少しずつこつこつと拾い上げ、深く掘ってから茂三の死体を投げ入れた。そして、再び石を投げ入れ、井戸を埋めたのだ。

この気の遠くなるような作業を年寄りの惣兵衛と女のおみつとでやり遂げたのだ。

その上で、この家を引き払った。

「あとはお任せいたします」

栄次郎は孫兵衛に声をかけて、庭から外に出た。


栄次郎は元鳥越町の吉右衛門の家にやって来た。

和助が出て来て、

「師匠は朝方帰ってきたんですが、また出かけました」

と、沈んだ表情で言った。

「どうかしましたか」

和助の態度に不審を持った。

「はい。どうも師匠の様子がおかしいんです」

「おかしい?」

「ええ、なんだか思いつめたような目をしていて」

「心当たりは?」

「ありません。もしかしたら、おはまさんの知り合いの女のことが気になったのかもしれませんが」

「そうですか。また、柳橋でしょうか」

「いえ。深川だと行ってました」

「深川？ 深川に何があるのでしょうか」

「さあ」

「また、あとで来てみます」

栄次郎は吉右衛門の家を出てから、柳橋に足を向けた。

柳橋からいったん帰って、またおはまの家に行くとは思えない。吉右衛門は深川に向かったのだ。

深川……。まさか、と思った。おはまのことを調べに行ったのではないか。いや、おみつのことを調べに行ったのかもしれない。

いずれ、奉行所もおみつのことでおはまに事情をききに行くだろう。残された時間はなかった。

栄次郎は思い切って、おはまの家に向かった。

黒板塀の家の門を入り、格子戸に手をかける。だが、戸は鍵がかかっていた。

念のために、戸を叩き、ごめんくださいと声をかけたが、応答はなかった。外出しているようだ。

しばらく、門の外で待っていたが、おはまが帰ってくる気配はなかった。また、あとで出直そうと思って、栄次郎はその場を引き上げた。

三

吉右衛門は富ヶ岡八幡宮にやって来た。

おはまとおみつはここで知り合ったという。おみつがどういう人間か知りたくてここまで来てしまったが、おみつがどこに住んでいたかも知らないのだ。

拝殿でお参りを済ませてから、おはまが住んでいたという入船町に向かった。

おはまは詳しく語らなかったが、おみつに受けた恩誼のために、何か困った事態においやられているようだ。

決して考えすぎではない。おみつという女は吉右衛門に不吉をもたらした。おはまとの仕合わせを守るために、敢然と闘わねばならないと思うのだ。

入船町にやって来たが、さてどうすればよいかわからない。ひと月以上前におはまという女がこの町内に住んでいたはずだがと、一軒一軒訪ねるか。

しかし、やみくもにそんなことをしても意味がない。町筋を奥に行くと、川に出た。大島川だ。

引き返す。黒板塀の洒落た家がある。さっきこの前を通ったが、柳橋のおはまの家に雰囲気が似ていた。

吉右衛門はその家の前で立ちどまった。ひょっとして、ここに以前、おはまが住んでいたのではないか。

そんな気がした。すでに他の人間が住んでいるようだが、先の住人のことなど知るわけないだろう。

吉右衛門が立ち去ろうとしたとき、格子戸が開いて、襟足の小粋な女が出てきた。目が合い、吉右衛門は軽く頭を下げた。

「もし」

行きかけた吉右衛門を女が呼び止めた。

「ひょっとして、あなたも以前ここに住んでいたおはまさんのことで？」

いきなり言われ、吉右衛門は唖然とした。

「どうして、それを？」

「やっぱり」

女はいたずらっぽく笑った。

「以前にも若いお侍さんが探していたんですよ」

「若いお侍？」

「矢内栄次郎さまと仰っておいででした」

「矢内栄次郎ですって？」

吉右衛門は飛び上がらんばかりになって、

「矢内さまはおはまのことを調べに来たのですか」

と、きいた。

「いえ、逆です」

「逆？」

「おみつというひとが訪ねている家を探していました」

「おみつ……」

吉右衛門は息を呑んだ。

「なぜ、矢内さまはおみつのことを探していたんでしょうか」

「わかりません。でも、おはまさんのことも気にしていました」

「おはま、いえ、おはまさんはここに住んでいたのですか」

「そうみたいですね。材木問屋の旦那の世話を受けていたそうよ。旦那が急死してここを出て行ったみたいね」

「旦那はどうして死んだんですか」

「さあ、わからないわ。でも、あなたは……」

何かきかれそうだったので、吉右衛門はあわてて、

「ありがとう」

と、その場を離れた。

途中で振り返ると、女はまだ立っていた。

栄次郎がおみつを探していることに、吉右衛門は愕然とした。その過程で、おはまのことも調べているようだ。

ますます、おみつという女に不吉な思いを抱きながら、再び八幡宮の前にやって来たとき、吉右衛門はふいに後ろから声をかけられた。

「師匠。吉右衛門師匠」

立ちどまって振り返ると、意外な男が立っていた。

「新八さんじゃありませんか」

「へい。ご無沙汰しております」

以前、稽古に通っていた男だ。栄次郎と親しいことを思い出して警戒した。

「新八さんはどうしてこちらに？」

「へえ、それは……」

新八は言いよどむ。吉右衛門はますます怪しんだ。新八もまたおはまのことを調べに来たのではないか。そんな疑心にとらわれた。

「ひょっとして、栄次郎さんに頼まれて？」

名取りの名を使わなかったのは、もう師と弟子ではなくなるという思いからだった。

「そうです」

迷っていたようだが、新八はきっぱりと言った。

「師匠も、そのことで？」

「…………」

吉右衛門は言葉を失っていた。

「師匠。あとはあっしが確かめますから」

「確かめる？」

吉右衛門はきき返す。

「ひょっとして師匠は大和屋さんのあとをつけてきたわけではないんですかえ」

「大和屋さんの？」

「そうですかえ。こいつは、私の早とちりでした」

新八が困惑したように言う。

「新八さん。どういうことですか。どうして、私が大和屋さんのあとをつけてきたと思ったのですか」

「すみません。早とちりでした」

「ですから、どうして、そう思ったかをお訊ねしているのです」

「師匠。こっちに」

急に新八が吉右衛門を通りの端に追いやった。駕籠がやって来た。吉右衛門は通り過ぎる駕籠の客を見た。

大和屋だ。さっき、新八は大和屋さんのあとをつけてきたわけではないかのかときいた。どういうことなのか。

「師匠。すみません」

新八は言い、駕籠のあとを追って門前町の町筋に入って行った。吉右衛門もあとをつけた。

大島川の川岸にある柳の木のそばで、新八は立ちどまった。その先に、大きな料理屋があった。

駕籠は料理屋の門の前で停まった。大和屋が下り、料理屋に入って行った。

「新八さん。どういうことですか」

吉右衛門はいらだってきいた。

「なぜ、あなたは大和屋さんが来ることを知っていたんですか」

「師匠。栄次郎さんにお知らせしてからと思いましたが、お話しします。あっしは吉寿師匠のおかみさんのあとをつけてきたんです」

「なに、おひでさんの？」

「そうです。栄次郎さんが、大和屋さんが急に吉寿師匠に肩入れをしたのにはわけがある、と。そのわけを探るために」

「…………」

「師匠。この料理屋には離れがあるそうです。男女の密会に使われるそうです」

「そうなのか。おひでさんと大和屋さんが……」

「きょうは吉寿師匠は昼過ぎから、来月の市村座の稽古のために咲之丞さんの家に出かけました。そのあと、おかみさんが家を出ました」

「ふたりは出来ていたのか」

「はっきりした証を摑んだとは言えませんが、間違いないと思います」

「よし。はっきりさせよう」

吉右衛門は顔を紅潮させた。

「えっ、どうなさるのですか。まさか、踏み込もうって言うんじゃ……」

新八があわてた。

「有無を言わせぬように現場を押さえるんだ」

吉右衛門は自分の中の何かが壊れて行くような気がしていた。おはまへの不信とが重なり、もう抑えがきかなくなっていた。

「わかりました。万が一ってこともあります。あっしが様子を窺ってきます。それからにしてくださいますか」

「わかった。そうしよう」

ふたりが酒を酌み交わしているときに踏み込んでも言い逃れされるだけだ。言い逃れ出来ぬ状況で踏み込まねばならない。

「じゃあ、様子を見てきます」

新八は料理屋の裏にまわった。塀を乗り越えるようだ。新八は盗っ人だったという噂を聞いたことがある。

辺りは薄暗くなってきた。忍び込んでから四半刻（三十分）後に、新八がやって来た。

「いいですぜ。こっちです」

新八は吉右衛門を裏口に案内した。

すでに錠を外してあり、戸が簡単に開いた。新八のあとに続いて庭に入る。三味線の音や唄声が聞こえる。

奥に向かうとひっそりとしていた。離れ座敷の前に立つ。

新八は廊下に上がり、部屋の障子を開ける。行灯の明かりに、空になった銚子や盃が見えた。

隣りの部屋の襖がある。

「お客さん」

新八が声をかけた。

しかし、隣りの部屋から声がしない。じっとしているようだ。

「大和屋の旦那。ちょっとお顔をお出し願えませんか」

「呼んではいないのに、失礼ではないか」

怒ったような声が聞こえた。大和屋の声に間違いない。

「すみません。ちょっとお顔を」

「帰れ」

「では、吉寿師匠のおかみさんでも」

「…………」

　返事がない。

「どうかなさいましたか。おかみさん」

　新八が声をかける。

　あわてて、着物を着る気配がした。

「失礼します」

　新八が襖を開けた。

　有明行灯が点いているだけで真っ暗な部屋にこっちの部屋の明かりが入り込んだ。

「おまえは誰だ？　店の者じゃないな。盗っ人か」

　大和屋は興奮していた。

「盗っ人が、おふたりの名前を知っていると思いますかえ」

　新八が含み笑いをする。

「なんだと」

「師匠。お顔を」

新八の声に、吉右衛門は顔を出した。

「おまえは吉右衛門」

襦袢(じゅばん)姿で胸に着物を抱えたおひでがのけぞるように言った。

「これはどういうことなんですかえ」

吉右衛門が怒りから手の指先まで震えてきた。

「おひでさん。おまえさんが大和屋さんを色仕掛けで思いどおりに操ったのか。それとも、大和屋さんが私を追い落とすことを約束して、おまえさんに迫ったのか」

吉右衛門はおひでを問い詰める。

おひではつんとして横を向く。大和屋は顔を紅潮させ、吉右衛門を睨んでいた。

「ふたりとも、黙ってないでなんとか言ったらどうなんですかえ」

新吉が口をはさんだ。

「このことは吉寿も承知のことなのか」

吉右衛門は不快そうにきく。

「どうなんだ?」

「…………」

おひでが恨みがましい目を向けたが、口は開かなかった。

「わかった。吉寿に確かめる」

吉右衛門は吐き捨てた。

もし、納得済みのことなら、吉寿は見下げた男だ。自分の女房を差し出して、己の地位を上げて何になるか。

「師匠。どうなさいますか。それで、芸は上達しない。咲之丞さんのところに行きますかえ。吉寿師匠もまだ稽古をしているはずですぜ」

新八は脅すように言う。

「そうしよう」

吉右衛門ははっきり応じ、

「お邪魔しました。あとは、どうぞ、ご自由に」

と言い、廊下に出ようとした。

「待て。待ってくれ」

大和屋が引き止めた。

「師匠。咲之丞さんのところに急ぎましょう」

新八が急かす。

「待つんだ」

大和屋が強く言った。

吉右衛門はその高圧的な物言いにかっとなった。

「大和屋さん。私はあなたにすべてを奪われたんです。あなたの言うことに従うつもりはありません」

「お願い、待って」

おひでが叫ぶように言う。

「吉右衛門さん。お願い、話を聞いて」

「何か言い訳でもしたいんですか。こんなことをしでかしておいて、どんな言い訳があるんですか。聞くだけ、時間の無駄です」

「言い訳じゃないわ。ともかく話をきいて」

おひでが訴える。

「吉寿は関係ない。自分が勝手にやっただけだから、見逃してくれ。そして、このまま、私には消えてくれ。そう言うつもりなんですか。そんな虫のいい話に乗る気はない」

吉右衛門は突き放すように言う。

「吉寿はほんとうに知らないの。私の一存でやったこと」

「吉寿は関係ない。だから、来月の市村座に吉寿師匠が出るのは当然だと言いたいんですかえ」

新八が口をはさむ。

「そんな話は通りませんぜ。さあ、行きましょう」

「うむ」

吉右衛門は無視して部屋を出ようとした。

「吉右衛門さん、あなたのせいよ」

おひでが泣きながら言う。

「やはり、私のせいですか。自分たちは間違っていない。そう言いたいんですね」

「違うの。こんな真似をしたのも、あなたへの復讐だったのよ」

「復讐？ 勝手なことを言われても困る」

吉右衛門は呆れ返った。

「あなたが、私を捨てたからよ」

「捨てた？」

吉右衛門は耳を疑った。

「そうよ。父はあなたを私の婿にして吉寿を継がせようとした。私もあなたと結ばれることを念じていた。それなのに、あなたは後継の話を蹴った。私がどんなに悲しく寂しい思いをしたか、あなたにはわかって？」

「そんな素振りは見せなかったではないか」

「あなたが気づかなかっただけ」

おひではやりきれないように言う。

「私だけではないわ。父だって、どんなにがっかりしていたか」

「私は、あなたの婿になったから師匠になれたんだと言われたくなかった。自分の力で師匠の座を摑みたかった。だから、楽な道を選ばなかった……」

「ええ。そのとおり、あなたは押しも押されぬ師匠として名を馳せたわ。でも、私の婿はどう？　吉寿の名は継いだけど、どんどん一門が小さくなって行く。あなたが、私の婿になっていたら、今ごろ吉寿一門は大きく伸びていたに違いない。そう思ったら、あなたが憎くて」

おひでの目尻が濡れている。

「おひでさん」

気の強い女が泣いていた。吉右衛門は胸が衝かれた。

「どんなにあがいても、うちのひとは芸ではあなたに敵わない。このままいけば吉寿一門は衰退して行く。そう思ったら、頭に血が上って、大和屋さんに相談したのよ」

大和屋は大きく吐息を漏らした。

「おかみさんの言うとおりだ。私は相談を受けたとき、私の言うとおりになってくれるなら、吉右衛門を追い落とし、吉寿を引き立ててやると言った」

大和屋は目を見開き、

「私は吉右衛門師匠の芸に惚れ込んでいた。だから、後援もしてきた。ふつうなら、おかみさんの申入れなど一蹴した。だが、私は昔からおひでさんに惚れていたのだ。おひでさんが自分のものになるならと、私は心を迷わせた」

「…………」

「おかみさんの言うように、吉寿はこのことに何も関わっていない。だが、わしが吉寿に必要以上に目をかけはじめたことで疑いを持ちはじめたようだった」

「私たちのことに薄々勘づいているかもしれないわ」

おひでが大和屋の言葉を引き取った。

「吉寿が……」

急に痛ましい思いが胸に広がった。今度の件で一番傷ついたのは吉寿かもしれない。

日頃から吉寿は、おひでに不甲斐ないなどと心ない言葉を投げつけられていたのではないか。それに対して、吉寿は何の反論も出来なかった。

それでも、じっと耐えてきたのは、吉寿もまた芸事が好きだからであろう。

「師匠。どうなさるんですか。行くなら、もう行かないと」

新八が声をかけた。

吉右衛門は静かに首を横に振った。

四

その時分、栄次郎は柳橋のおはまの家に行った。

格子戸は軽く開いた。

「ごめんください」

栄次郎は奥に向かって呼びかけた。

すぐに三十ぐらいの落ち着いた感じの女が出てきた。

「おはまさんですね」

「はい」

おはまは上がり框の近くに腰を下ろした。

「私は矢内栄次郎と申します。突然、お訪ねして申し訳ありません」

栄次郎は土間に立ったまま、

「じつは、あなたがおみつさんと親しくしているとお伺いしてやって来ました」

おはまが息を呑んだ。

「おみつさんが何か」

「住まいをご存じではありませんか」

「いえ、今はつきあいもありませんから」

おはまは目を伏せて答えた。

「ここに、おみつさんが来たことはありませんか」

「ええ」

おはまは腰を浮かせ、

「すみません。用がありますので」

と、追い返すように言う。

「おみつさんの茂三というご亭主をご存じですか」

「いえ、知りません。ご亭主がどうかなさったのですか」

「おみつさんが薬種問屋『旗野屋』の大旦那との逢引き用に使っていた家の庭から、茂三の死骸が見つかりました」

「えっ？」

おはまの体が一瞬揺らいだ。

「古井戸の中に埋めてありました。おそらく、毒殺されたのだと思われます」

「………」

「おみつさんは大旦那の惣兵衛さんといっしょにいるはずです。じつは私は惣兵衛さんの行方を探しているんです」

「私は何も……」

「おはまさんは入船町で、材木商『吉野屋』の大旦那の世話を受けていたそうですね」

「過ぎ去ったことです」

おはまは顔をしかめた。

「『吉野屋』の大旦那も二カ月ほどでだんだん衰えてきて、ついにあなたの家で亡くなったそうですね」

「すみません。そんな悲しいことを思い出したくないのです。どうぞ、お帰りください」

　おはまは憤然と言う。

「おみつさんは深川からわざわざ京橋にある『旗野屋』まで薬を求めに行っているのです。そこで、大旦那の惣兵衛さんと親しくなった。おみつさんは惣兵衛さんから砒素を手に入れたようです」

「すみません。そのような話を聞いても、私には関わりがないことですから」

「『吉野屋』の大旦那の死も不自然なところがあるんです。医者の話では、砒素を呑まされて死んだのだとしてもおかしくないと言ってました」

「何が仰りたいんですか。『吉野屋』の大旦那が砒素を呑んだという証でもあるんですか。まるで、私が呑ましたように聞こえますけど」

「ええ、そうです。あなたが呑ましたと、私は考えています」

「まあ、ひどい」

　おはまの表情が強張った。

「おみつさんは、あなたの入船町の家によく来ていたそうですね」

「だからといって、私が砒素をもらったという証にはなりません」

「仰るとおりです。ですから、あなたが『吉野屋』の大旦那を殺したと明らかにすることは出来ません」

「当然です。私は何もしていないのですから」

「ただ、ひとりだけいます」

「……………」

おはまが不安そうな顔をした。

「おわかりですね。おみつさんです。おみつさんが捕まれば、その口からあなたのことも語られるでしょう」

「そんなことありえません」

「なぜ、ですか」

「だって、砒素などもらってないからです」

「そうですか。では、おみつさんが捕まっても、あなたは心配いらないんですね」

「ええ」

「おみつさんのことは奉行所が探索に乗り出しました。茂三殺しの疑いでね。また、口封じで惣兵衛さんまで殺すかもしれないので、奉行所も力を入れて探し出すでしょう。おみつさんが捕まるのは時間の問題です」

「……………」

おはまの表情に不安の翳が走った。

「おはまさん。いいんですか。おみつさんと一蓮托生で」

「何度も言っています。私は砒素なんかもらっていません。おみつさんが捕まっても私には関係ありません」

「おみつさんが捕まっても関係ないなら、ぜひおみつさんの居場所を教えていただけませんか」

「知りません。おみつさんとは深川以来、会っていませんから」

「この前、ここに来ていた女のひとはどなたですか」

「えっ？」

おはまは不思議そうな顔をした。

「先日、あなたが見送りに出てきた女です。二十七、八歳で、きれいな顔立ちだったが、ぞっとするような冷たい表情だったそうです。その女がおみつさんではないのですか」

「違います」

「では、誰なんですか」

栄次郎はなおも問い続ける。

「それより、今の話は誰からきいたんですか。あなたの当てずっぽうですか」

おはまは青ざめた顔できいた。

「違います。吉右衛門師匠の内弟子からです。申し遅れました。私は吉右衛門師匠の弟子なんです」

あっと声を上げ、おはまは体の力が抜けたようにしゃがみ込んだ。

「あなたが吉右衛門師匠と親しくされていることは存じあげています。だから、心配しているのです。私が考え違いをしているならいいのですが、万が一あなたが砒素を使っていたとしたら……」

おはまは魂が抜けたように茫然としていたが、急に顔を上げて、

「私は『吉野屋』の大旦那の世話を受けてましたが、いやでいやでたまりませんでした。あの旦那は外面と違い、ねちねちとして嫉妬深く、すぐにかっとなって殴る蹴るの乱暴を働きます。この悩みをおみつさんにしたら、自分も亭主と別れたいと言ってました。でも、承知してくれるはずないので、別れるなら殺すしかないと。いつしか、殺しの企てを立てて……」

おはまは告白をはじめた。

「大の男を殺すには毒薬しかないと考え、おみつさんが遠くの薬種問屋から石見銀山

を買い求めようとして京橋の『旗野屋』に出向いたのです。そこで、思い掛けずに惣兵衛さんと親しくなり、色仕掛けで迫ったら砒素を手に入れてくれたそうです。わたしは半分、もらい、少しずつ、『吉野屋』の大旦那に呑ませ続けました。あなたの仰るとおりです」

「そうですか」

「おみつさんは旅から戻った茂三さんを本湊町の家に誘い込んで毒殺したのです。惣兵衛さんが段取りをとってくれたそうです」

　やはり、惣兵衛は人殺しに加担をしていたのだ。

「おみつさんの居場所はわかりますか」

「今戸の慶養寺(けいようじ)の近くです。一軒家を借りていました」

「和助さんが、おみつさんの顔がとても厳しかったと言ってました。おみつさんは何かまた企てているんじゃありませんか。口封じのために惣兵衛さんを殺そうと……」

「はい。手を貸して欲しいと言ってきたのです」

「いつですか。いつ、手にかけるつもりなんですか」

「明日の昼過ぎ、私が今戸の家に訪ねることになっています。石で殴って殺し、お寺の本堂の床下に捨てるみたいです。おみつさんは、そのあと、江戸を離れると言ってました」

「そうですか。明日ですね。私もごいっしょしてよろしいですか。これ以上、殺しはさせたくありません」

「はい」

「それから、さっきの砒素の件ですが、証は何もありません。私も奉行所の人間ではありませんから、あなたに対してこれ以上は何も言いません。あとは、あなたの問題です」

「私の？」

「そうです。自分がよかれと思う道を歩んでください。ただ、これだけはお願いしたいのです。吉右衛門師匠を不幸にしていただきたくないのです。あなたが吉右衛門師匠とともに歩んで行くかどうかは、あなたが決めることです。では、明日、今戸橋の袂で落ち合いましょう」

「わかりました」

栄次郎はおはまの家を出た。

その夜、栄次郎がふとんに横になったとき、窓の脇の壁を三度、叩く音がした。

栄次郎は起き上がり、雨戸を開ける。庭先に、新八が立っていた。

急用があって夜遅く本郷の屋敷に来るときは、新八が塀を乗り越え、庭から栄次郎の部屋に合図を送る。

栄次郎は新八を部屋に引き入れた。

「すみません。夜分に」

部屋に入って、新八は声をひそめて言う。

「いや、構いません。何があったのですか」

栄次郎は話を聞く態勢になった。

「深川の料理屋まで吉寿師匠のおかみさんのあとをつけたあと、吉右衛門師匠と会いました。そこに、大和屋さんが駕籠で通り、吉右衛門師匠とあとをつけると、おかみさんが入った料理屋に入って行きました」

「では、やはり、ふたりは？」

「ええ、ふたりは料理屋の離れで逢引きをしていました」

「では、吉右衛門師匠はふたりの仲に気づいたのですね」

「それどころか、ふたりのもとに出向きました」

それからの新八の話は栄次郎を驚かせた。

「そうですか。吉寿師匠のおかみさんは吉右衛門師匠のことが……」

「へえ。女心の切なさと怖さですかねえ。おかみさんも辛かったんでしょうね。一番、可哀そうなのは吉寿師匠かもしれません」

新八がしみじみ言う。

「で、吉右衛門師匠は?」

「何も」

「何も?」

「思うところがあったんでしょうか。そのまま、引き上げました」

「そうですか。そうでしょうね。そのような理由からだと知ったら、吉右衛門師匠はおかみさんを責められないでしょうね」

栄次郎は吉右衛門の気持ちがわかるような気がした。

「大和屋さんはどうですか」

「押し黙っていましたが、どう出るか」

「企てが破れたのですから、吉右衛門師匠の復権に向けてくれるでしょう。新八さん、ご苦労さまでした」

「いえ。でも、あそこで吉右衛門師匠と会ったのも運命ですかねえ。それにしても、師匠はあんなところでなにをしていたんでしょうか」

「師匠はどっちのほうから？」

「入船町のほうからです」

「入船町？」

　あっと、栄次郎は気がついた。吉右衛門はおはまのことを調べに行ったのだと思った。吉右衛門とおはまの行く末に大きな翳が射していることに、栄次郎は胸を痛めた。


　翌日、昼頃、今戸橋の袂で待っていると、おはまがやって来た。

「お待たせいたしました」

「どうかしましたか」

　顔色が優れないので、栄次郎はきいた。

「ひょっとして、吉右衛門師匠が？」

「はい。朝早く、やって来て、話があると」

「話が？」

「はい。これから出かけなければならないと言うと、では今夜ということに」

　きのうのきょうだ。吉右衛門はどんな心を固めたのだろうか。

「ともかく、おみつさんのところに行きましょう。なんとしても、新たな人殺しだけは防がねばなりません」

「はい」

おはまを急かし、おみつの家に急いだ。

おみつの家の裏手はすぐ慶養寺の土塀になっていた。おはまが格子戸を開け、土間に入る。

「おみつさん」

奥に向かって声をかける。しかし、応答がない。

「留守かしら」

おはまが首を傾げ、

「この時間に、ふたりとも留守なんて」

と、戸惑いを隠せない。

栄次郎は何か異様な雰囲気を感じた。静かすぎる。が、無人の静けさではない。寂しいような静けさだ。

「上がってみましょう」

栄次郎は刀を外して部屋に上がった。

「おみつさん」

おはまも声をかけながら、隣りの部屋の襖を開けた。

その瞬間、おはまが棒立ちになった。栄次郎も唖然とした。

ふたりの男女が並んで横になっていた。白髪の目立つ年寄りの死骸は着物裾が乱れ、体がねじれていたが、女のほうはきれいだった。

枕元に文机が置いてあり、上に線香立てがあった。線香はすっかり燃えきっていた。

枕元に置き手紙があった。

茂三を殺して、本湊町の家の庭にある古井戸に埋めたことを告白し、ふたりで死ぬと記されていた。

男の字だ。惣兵衛のものに違いない。

「おみつさん、どうして？」

おはまが亡骸に声をかけた。

「自身番に行ってきます」

栄次郎は部屋を出て行った。

同心も駆けつけて、やがて検死与力もやって来た。

ふたりとも、毒を呑んだことが確かめられた。

「きれいに並んで死んでいる。心中でしょう。書き置きもあることですし」

同心はあっさり言い、

「それにしても、どうしてここに?」

と、訪ねてきたわけをきいた。

「きのう、ここに書かれているように、本湊町の家の古井戸から死骸が発見されたのです。おみつの亭主の茂三さんでした。おみつさんの友達のおはまさんにお願いして、ここまで連れてきてもらったんです。詳しいことは、崎田孫兵衛さまに聞いていただければわかります」

「そうですか。『旗野屋』には知らせを走らせましたから、じきに誰かがやって来るでしょう」

「では、あとはよろしくお願いします」

栄次郎は同心に挨拶をし、おはまといっしょに外に出た。

「こんなことになるなんて」

おはまがため息混じりに言い、

「最初からこのつもりだったんでしょうか。私に発見させるつもりで呼んだのでは

「……」

「いえ、違います」

「違う？」

「あれは納得尽くのことではありません。おみつさんの着物は乱れていませんでした。つまり、先におみつさんが亡くなり、惣兵衛さんが着崩れをなおしてやったのです。でも、惣兵衛さんのほうには苦しみ悶えたあとがありました」

「では、惣兵衛さんがおみつさんを……」

「そうでしょう。惣兵衛さんはおみつさんが自分を殺そうとしていることに気づいたか、ひとを殺したという良心の呵責(かしゃく)に耐えきれなくなったか」

「………」

「女にそそのかされて亭主殺しを手伝わされ、あげく口封じで殺されそうになった。だから、女を殺して自分も死んだ。それより、ふたりは結ばれぬ現実に悲観して心中した。そのほうが、惣兵衛さんの家族はいくらかは救われるでしょう。だから、あなたも惣兵衛さん殺しを頼まれたことを口外しないでくださいますか。そのことを忘れてください」

「わかりました」

「その代わり、私も砒素の件は口外しません」

「えっ？」

「もっとも、おみつさんが亡くなった今となっては、砒素がほんとうにあなたに渡ったかどうかは明らかに出来ません。あなたが否定すれば、それ以上、追及出来ませんから」

「矢内さまは私を見逃して……」

「待ってください。見逃すも何も、私はまず奉行所の人間ではありません。それに、証がないのですから、私には何の力もありません。ただ」

「ただ？」

「はい。吉右衛門師匠との今後についてどうすべきかよくお考えください。師匠には、これからも芸の世界で生きて行って欲しいのです」

一拍の間を置いて、

「わかりました」

と、おはまは厳しい顔で答えた。

五

その日の夕方、市村咲之丞が吉右衛門の家を訪れた。

和助から知らせを受け、吉右衛門は出迎えに出た。

「突然、お邪魔して申し訳ありません」

「わざわざ、咲之丞さんがやって来られるとは」

吉右衛門は困惑しながら部屋に招じた。

「きょうはお稽古は？」

咲之丞がきく。

「まあ、ちょっと」

吉右衛門は曖昧に答えたが、咲之丞はすぐに事情を察したようだった。

「きょうは何か」

咲之丞の用件が想像つかなかった。きのうの件はまだ咲之丞には伝わっていないはずだ。大和屋が咲之丞のもとへ行ったとも思えない。

「きのう、吉寿さん、千之助さんとともに、来月の市村座の稽古をしました」

吉寿の立三味線、弟子の千之助の唄で、咲之丞が越後獅子を踊るのだ。

「最初に稽古をしたとき、いくつかご指摘させていただきました。ですが」

咲之丞は言いよどんでから、

「吉寿さんはちゃんと手直ししてこられ、こちらの望みに近い音を出してくださいましたが、どうも千之助さんのほうが」

咲之丞はあわてて手を横に振り、

「いえ、決して千之助さんの唄が悪いと言っているわけではありません。こっちの求めが大き過ぎるのです」

と、肩を落とした。

「…………」

吉右衛門はすぐに言葉を返せなかった。

「きのうは贔屓筋の何人かにも見てもらいました。ですが、みなさん、一様に……」

咲之丞は一拍間を置いてから、

「千之助さんの唄と私の踊りは合わないと仰いました」

と、言葉を選んで言った。

そのことは最初から承知の上だったのではありませんか、という声が喉元まで出かかった。吉右衛門はやっとの思いで、その言葉を呑み込んだ。

「吉右衛門さん。やはり、あなたでなければだめなんです。最初の予定とおり、地方を勤めていただけませんか」

「大和屋さんが決めたことではありませんか」

吉右衛門は口にした。

「みなさんが、大和屋さんに頼みに行くと言っています。その前に、吉右衛門さんが聞き入れてくれるかどうかを確かめなければならないと、こうやってやって来たのです。いかがでしょうか。やってくださいませんか」

「いくら私がやりたいと言っても、今さら大和屋さんが首を縦に振ると思いますか」

おひでと大和屋の不義をここで口にすれば、咲之丞は呆れ、贔屓筋の旦那衆も大和屋を突き放すかもしれない。

だが、おひでと大和屋の不義を他人に知らせることは出来ない。吉寿を傷つけることであり、おひでの信用が失墜することは、杵屋吉寿一門を貶(おとし)めることにもなりかねない。

先代の恩誼を考えたら、吉右衛門はゆうべのことを誰にも話すわけにはいかないのだ。それを利用して、自分が復権しようなどとも思わない。

それより、先代がおひでの婿に吉右衛門を望み、おひでもまた吉右衛門を好いていたのだという事実が胸を苦しめた。

今回のことは、自分が婿を断わったことに端を発しているかもしれないのだ。おひでと大和屋を咎めることは自分自身をも責めることになる。

「もし、大和屋さんの許しが出たら、引き受けてもらえますすね」

「そのときになって考えてみます」

吉右衛門は自分でも冷たいと思うような言い方をした。

「わかりました。これから、大和屋さんに行きます。贔屓筋の旦那衆も同道すると仰ってくださいましたが、私ひとりで行くことにしました」

咲之丞が引き上げて行った。

再び、舞台に上がれる。やっと気運が盛り上がってきたというのに、吉右衛門の気持ちはどこか冷めていた。もっと喜んでいいはずなのに、心が弾まない。

そのわけに自分でも気づいている。おはまのことだ。そろそろ、おはまが帰って来る頃だろう。

吉右衛門は外出の支度をした。

おみつという女はおはまとの間に何か不幸を運んでくる。そんな不吉な感じがした。おはまは暗い何かを抱えている。そのことが不安だった。

柳橋にやって来て、おはまの家に向かう。足が重い。さっきから不安におののいている。悪いことが起きるような胸騒ぎがしていた。

格子戸に手をかけた。戸は軽く開いた。

すぐにおはまが出て来た。

「いらっしゃい」

顔を見たとき、全身から血の気が引くような錯覚がするほど、おはまの表情が他人のように映った。

部屋に上がり、吉右衛門はおはまの肩を摑んだ。

「どうした、何かあったのか」

「おみつさんが死にました」

「えっ？　死んだ？」

吉右衛門は耳を疑った。

「おみつさんのご亭主は盗賊の手下で茂三という男でした。私はそんなおみつさんと親しくしていました。おみつさんは京橋の『旗野屋』の大旦那の惣兵衛さんといい仲になり、自分のご亭主を殺したんです。そのことも、私は聞いていました。ふたりは今戸で暮らしていましたが、良心の呵責に責め苛まれたのです。私に遊びに来いと言ったのは、私に死骸を見つけて欲しかったからだと思います」

「そんなことがあったのか」

吉右衛門は衝撃がさめやらなかった。

「しかし、おみつさんが死んだのは自業自得だ。そうではないか」

「でも」

「でも、なんだ。おはまが気に病むことか」

「私はみんな知っていたのです。でも、黙っていました。同罪かもしれません」

「ばかな。そんなことあるものか」

「それに、私がもっと親身になって考えてやれば、死なせるようなことにはならなかったのです」

「おはまの責任ではない。それに、いつか亭主殺しだって明らかになる。そうなったら、死罪ではないか。それを思えば、ふたりで死んで行ったことは本望ではないのか」

「吉右衛門さま」

おはまが思いつめたような目を向け、

「私たち、お別れのときがきたのかもしれません」

と、切り出した。

「今、なんと？」

吉右衛門は地の底に落ちていくような衝撃を受けた。

「おはま。この前、なんと言った？　私を離さないでとしがみついてきたのは誰だ。おはま。おまえを離しはしない。離すものか」

吉右衛門は肩に手をまわしおはまを抱き寄せる。

「離れたくありません。でも、吉右衛門さんのためにも私がいないほうがいいんです」

「そんなこと、あるものか。私にはおまえが必要なんだ。私はおまえといっしょに生きて行きたいんだ」

吉右衛門は叫ぶ。

「私はこれからおみつさんのことでいろいろ奉行所から問い質されます。それだけではありません。じつは……」

おはまの目尻が濡れている。

「私は世話を受けていた旦那を、おみつさんからもらった砒素で殺しました。私はひと殺しなんです」

「…………」

吉右衛門は目の前が真っ暗になった。

「こんな私は吉右衛門さんにふさわしくありません。あなたといっしょにいるときにお縄になりたくないのです。後生（ごしょう）です。私と別れてください」

おはまは泣きながら訴える。

「ふたりで、どこかに逃げよう」

「いけません」

「いやだ。私は別れない」

「私はひとを殺しました。こんな私がいては吉右衛門さんの差し障りになります。あなたの前で、お縄を受けるような目には遭いたくないんです。それに、こんな私を、いつか嫌いになるに決まっています。私は嫌われたくないんです。嫌われて別れるより、今別れたほうが……」

「おはま」

背中にまわした手に力を込めようとしたとき、いきなりおはまが腕の中から抜け出た。

「吉右衛門さま。お別れします。どうぞ、お帰りください。これ以上いっしょにいても辛くなるだけです」

「泊まっていく」

「いけません。明日はお役人が私を訪ねて来るでしょう。そのとき、吉右衛門さんがいてはいけません」

「なぜ、こんなことになったのだ」

吉右衛門は胸を掻きむしりたくなった。

「いやだ。別れない」

「吉右衛門さん。私に、吉右衛門さんを嫌いにさせないでください」

「…………」

その言葉に愕然となった。吉右衛門を打ちのめすに十分だった。終わった。おはまとの恋が終わったことを悟らないわけにはいかなかった。

「僅かな期間でしたが、とても楽しゅうございました。仕合わせな日々を送らせていただいて感謝いたします」

おはまが頭を下げた。

何かが崩れていくのを感じた。

「私のほうこそ、おはまがいてくれたおかげでどんなに救われたか。おはま。達者で」

「吉右衛門さんも」

吉右衛門は逃げるように土間に下り、外に出た。

格子戸を閉めたとき、おはまの嗚咽(おえつ)が聞こえた。泣き崩れているであろうおはまの姿に引き返そうとしたが、吉右衛門は思い止まった。

すべて終わったのだ。嗚咽に耳を塞ぎ、吉右衛門は外に飛び出した。ふと冷たいものが顔に当たった。

吉右衛門は降りだした雨の中をとぼとぼと帰途についた。おはまの涙のような雨が吉右衛門の頬を濡らしていた。

数日後の昼下がり、栄次郎は京橋にある『旗野屋』の座敷で、主人夫婦と会っていた。

「まさか、このようなことになるとは思ってもいませんでした」

旗野屋はやりきれないように言う。

「とうに死んでいると思っていたのですが、つい最近まで生きていたんですね」

内儀もしみじみと言う。

「はい。惣兵衛さんはおみつという女と肩を寄せ合って生きてきたようです。おみつさんを救い出すためとはいえ、ひとを殺したことの呵責に、ふたりは耐えきれなくなってあのようなことに……」

「短い期間でしたが、父はおみつさんと精一杯生きてきたんですね。ひとを殺していたことは複雑な思いですが、父が騙されていたのではなくてよかった」

旗野屋は素直に言う。

栄次郎は嘘をついていることで微かに胸が痛んだ。惣兵衛は最初からおみつに利用されていたのだ。場合によっては、惣兵衛はおみつに殺されていた。

その事実を家族が知る必要はない。家族が知っているのは、堅物で仕事一筋に生きていた惣兵衛が晩年に若い女と恋に落ち、そのためにひと殺しまでし、ついにはふたりで死んでいったという話だ。

「無事、生きた惣兵衛さんを見つけ出せず申し訳ありませんでした」

「とんでもない。いろいろありがとうございました。崎田さまによろしくお伝えください」

『旗野屋』を辞去し、栄次郎は京橋から元鳥越町に向かった。

吉右衛門の家に着くと、三味線の音と師匠の唄声が聞こえた。越後獅子だ。その瞬間、栄次郎の心が一瞬に晴れたようになった。

和助がにこやかな顔で出迎えた。久しくなかったことだ。

「さすが、いい声ですね」

栄次郎は感心して言う。

「ええ。やっと元の師匠に戻ってくれました」

「では、大和屋さんが?」

「ええ。咲之丞さんの訴えを素直に聞き入れてくれたそうで、来月の市村座も師匠が立唄を務めることになりました」

「そうでしか。それはよかった」

「吉栄さんか」

三味線の音が止まり、吉右衛門が声をかけた。

「こちらに来てくださいな」

「はい」

栄次郎は稽古場のほうに行く。

吉右衛門の顔つきも以前のように渋く、全身から男の色気を漂わせていた。

「師匠。来月の市村座、師匠になったとか」

栄次郎はきいた。

「ええ。咲之丞さんが大和屋さんに訴えてくれたことと、吉寿のほうから辞退の申入れがあったそうです」

「そうでしたか。では、元どおりに」

「はい。ただ……」

吉右衛門は言いづらそうに、

「今回の件で、私は反省したことがあるのです。先代が亡くなってから、私は吉寿一門とのつきあいが希薄になっていました。その間に、吉寿一門が勢いをなくしていった。先代がいなくなったとしても、先代の一門であることに変わりないのです。もっと目を向けてやればよかったと思うようになりました」

吉右衛門に対するおひでの気持ちを新八から聞いていたので、吉右衛門の言葉が理解でき、そして、何を言いたいのかがわかった。

「師匠。とてもいいことだと思います。吉寿師匠はもともとは師匠の弟弟子です。師匠が手を差し伸べて上げるべきかと思います。私は構いません」

「えっ？」

「師匠の立唄、吉寿師匠の立三味線。豪華ではありませんか。きっと、咲之丞さんの踊りも映えましょう」

「吉栄さん。このとおりです」

吉右衛門が頭を下げた。

「おやめください。私も吉寿師匠の立三味線をお願いすべきだと思っていました」

「きっと、この埋め合わせは」

「いえ。私はまた師匠の下で稽古が続けられることだけでうれしいのです。私はこれから行くところがありますので」

「では、明日からお稽古を再開いたしましょう」

「はい。よろしくお願いいたします」

「吉栄さん」

吉右衛門が呼び止めた。

「あの……。いえ、なんでもありません」

吉右衛門は何か言いたそうだった。何を言いたかったのか。ひょっとして、おはまのことではなかったか。

吉右衛門はおはまのことが忘れられないのだろうか。そんなことを考えながら、栄次郎は浅草黒船町のお秋の家に向かった。

その夜、栄次郎はお秋の家で、崎田孫兵衛と酒を酌み交わしていた。

「惣兵衛は実のところ、どうなんだ?」

孫兵衛がふいにきいた。

「どうなんだとは?」

「ほんとうに心中だったのか」

孫兵衛が声をひそめた。

「そうではないんですか」

栄次郎はとぼけた。

「栄次郎どの。わしにまで隠すのか。心中ということでけりがついている。今さら、何も恐れることはない」

「でも、崎田さまは旗野屋さんと会う機会もありましょう。なまじ、よけいなことは頭にないほうが」

「真相をぽろりと漏らしてしまうと思うか」

「そういうわけでは……」

「まあ、いい。栄次郎どのの筋書きに従おう。さあ、呑め」

「いただきます」

栄次郎は酒を呑んでから、

「ところで、おはまはいかがですか」

と、きいた。

「旦那を砒素で殺したと自首したが、旦那の死体を検死した与力もまた医者も毒死とはみてなかった。また、おみつから砒素を手に入れたというが、おみつが死んだ今となってはそれを明らかにすることも難しい」

「自首したことをどうお考えですか」

「親しかったおみつの事件に衝撃を受け、自分もまた砒素を使って、おみつと同じようなことをしてしまったと思い込んでしまったのではないか。吟味与力の考えだ」

おかみの情けかもしれないと思ったが、おはまが否定すれば罪にする証がないことは事実だ。

「いずれ、解き放すことになるだろう」

「そうですか」

ふと吉右衛門のことに思いを馳せた。吉右衛門は独り身だ。身の回りの世話は内弟子の和助がやってくれているが、いずれ和助は独り立ちしていく。

ひとりぼっちになった吉右衛門には支えてくれる女子が必要だ。もし、おはまも吉右衛門とやっていく気があるなら、力になってもいい。

栄次郎は市村座での立三味線の座を奪われた悔しさより、吉右衛門の身を第一に考えていた。

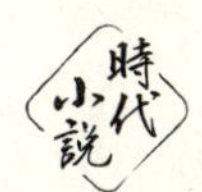

二見時代小説文庫

涙雨の刻　栄次郎江戸暦15

著者　小杉健治

発行所　株式会社　二見書房
東京都千代田区三崎町二－一八－一一
電話　〇三－三五一五－二三一一［営業］
〇三－三五一五－二三一三［編集］
振替　〇〇一七〇－四－二六三九

印刷　株式会社　堀内印刷所
製本　ナショナル製本協同組合

落丁・乱丁本はお取り替えいたします。
定価は、カバーに表示してあります。

 ISBN978－4－576－15205－9
http://www.futami.co.jp/